小桔灯

冰心◎著

The Little Orange Lamp

湖南文艺出版社
HUNAN LITERATURE AND ART PUBLISHING HOUSE

博集天卷
CS-BOOKY

图书在版编目（CIP）数据

小桔灯 / 冰心著. — 长沙：湖南文艺出版社，2012.11
ISBN 978-7-5404-5796-9

Ⅰ. ①小… Ⅱ. ①冰… Ⅲ. ①儿童文学 – 散文集 – 中国–现代
②儿童文学–小说集–中国–现代 Ⅳ. ①I216.2

中国版本图书馆CIP数据核字（2012）第228711号

上架建议：青少年阅读·经典名著

小桔灯

作　　者：冰　心
出 版 人：刘清华
责任编辑：丁丽丹　刘诗哲
监　　制：张应娜
特约编辑：袭村野
封面设计：张丽娜
版式设计：姜利锐
出版发行：湖南文艺出版社
　　　　　（长沙市雨花区东二环一段508号　邮编：410014）
网　　址：www.hnwy.net
印　　刷：三河市百盛印装有限公司
经　　销：新华书店
开　　本：880mm × 1270mm　1/32
字　　数：160千字
印　　张：7
版　　次：2012年11月第1版
印　　次：2018年2月第4次印刷
书　　号：ISBN 978-7-5404-5796-9
定　　价：23.00元

若有质量问题，请致电质量监督电话：010-59096394
团购电话：010-59320018

目 录
Contents

散文篇

小说篇

小说篇

散
文
篇

一只小鸟

——偶记前天在庭树下看见的一件事

有一只小鸟，它的巢搭在最高的枝子上，它的毛羽还未曾丰满，不能远飞；每日只在巢里啁啾着，和两只老鸟说着话儿，它们都觉得非常的快乐。

这一天早晨，它醒了。那两只老鸟都觅食去了。它探出头来一望，看见那灿烂的阳光，葱绿的树木，大地上一片的好景致；它的小脑子里忽然充满了新意，抖刷抖刷翎毛，飞到枝子上，放出那赞美"自然"的歌声来。它的声音里满含着清—轻—和—美，唱的时候，好像"自然"也含笑着倾听一般。

树下有许多的小孩子，听见了那歌声，都抬起头来望着——

这小鸟天天出来歌唱，小孩子们也天天来听它，最后他们便想捉住它。

它又出来了！它正要发声，忽然嗤的一声，一个弹子从下面射来，它一翻身从树上跌下去。

　　斜刺里两只老鸟箭也似的飞来，接住了它，衔上巢去。它的血从树隙里一滴一滴的落到地上来。

　　从此那歌声便消歇了。

　　那些孩子想要仰望着它，听它的歌声，却不能了。

梦

　　她回想起童年的生涯，真是如同一梦罢了！穿着黑色带金线的军服，佩着一柄短短的军刀，骑在很高大的白马上，在海岸边缓辔徐行的时候，心里只充满了壮美的快感；几曾想到现在的自己，是这般的静寂，只拿着一枝笔儿，写她幻想中的情绪呢？

　　她男装到了十岁，十岁以前，她父亲常常带她去参与那军人娱乐的宴会。朋友们一见都夸奖说："好英武的一个小军人！今年几岁了？"父亲先一面答应着，临走时才微笑说："他是我的儿子，但也是我的女儿。"

　　她会打走队的鼓，会吹召集的喇叭，知道毛瑟枪里的机关，也会将很大的炮弹，旋进炮腔里。五六年父亲身畔无意中的训练，真将她做成很矫健的小军人了。

　　别的方面呢？平常女孩子所喜好的事，她却一点都不爱。这也难怪她，她的四围并没有别的女伴。偶然看见山下经过的几个村里的小姑娘，穿着大红大绿的衣裳，裹着很小的脚，匆匆一面里，她无从知道她们平居的生活。而且她也不把这些印象，放在心上。一把刀，一匹马，便堪了尽一生了！女孩子的事，她何等的琐碎烦腻呵！当探海的电灯射在浩浩无边的大海上，发出一片一片的寒光。灯影下，旗影下，两排儿沉豪英毅的军官，在剑佩锵锵的声里，整齐严肃的一同举起杯来，祝中国万岁的时候，这光景是怎样的使人涌出慷慨的快乐的眼泪呢？

她这梦也应当到了醒觉的时候了！人生就是一梦么？

十岁回到故乡去，换上了女孩子的衣服。在姊妹群中，学到了女儿情性：五色的丝线是能做成好看的活计的；香的美丽的花，是要插在头上的；镜子是妆束完时要照一照的；在众人中间坐着，是要说些很细腻很温柔的话的；眼泪是时常要落下来的。女孩子是总有点脾气，带点娇贵的样子的。

这也是很新颖很能造就她的环境——但她父亲送给她的一把佩刀，还长日挂在窗前。拔出鞘来，寒光射眼，她每每呆住了。白马呵……海岸呵，荷枪的军人呵……模糊中有无穷的怅惘。姊妹在窗外唤她，她也不出去了，站了半天，只掉下几点无聊的眼泪。

她后悔么？也许是，但有谁知道呢，军人的生活是怎样的造就了她的性情呵？黄昏时营幕里吹出来的箫声，不更是抑扬凄凄么？世界上软款温柔的境地难道只有女孩儿可以占有么？海上的月夜星夜，眺台独立倚枪翘首的时候，沉沉的天幕下，人静了海也浓睡了——"海天以外的家！"这时的情怀，是诗人的还是军人的呢？是两缕悲壮的丝交纠之点呵！

除了几点无聊的英雄泪，还有什么？她安于自己的境地了，生命如果是圈儿般的循环或者便从"将来"又走向"过去"的道上去，但这也是无聊呵！

十年深刻的印象遗留于她现在的生活中的，只是矫强的性质了——她依旧是喜欢看那整齐的步伐，听那悲壮的军笳。但与其说她是喜欢看喜欢听，不如说她是怕看怕听罢。

横刀跃马和执笔沉思的她，原都是一个人，然而时代将这些事隔开了……童年！只是一个深刻的梦么？

一九二一年十月一日。

山中杂记

——遥寄小朋友

　　大夫说是养病，我自己说是休息。只觉得在拘管而又浪漫的禁令下，过了半年多。这半年中有许多在童心中可惊可笑的事，不足为大人道。只盼他们看到这几篇的时候，唇角下垂，鄙夷的一笑，随手的扔下。而有两三个孩子，拾起这一张纸，渐渐的感起兴味，看完又彼此嘻笑，讲说，传递，我就已经有说不出的喜欢！本来我这两天有无限的无聊。天下许多事都没有道理。比如今天早起那样的烈日，我出去散步的时候，热得头昏。此时近午，却又阴云密布，大风狂起。廊上独坐，除了胡写，还有什么事可作呢？

一九二四年六月二十三日，沙穰。

（一）我怯弱的心灵

　　我小的时候，也和别的孩子一样，非常的胆小。大人们又爱逗我，我的小舅舅说什么《聊斋》，什么《夜谈随录》，都是些僵尸，白面的女鬼等等。在他还说着的时候，我就不自然的惴惴的四顾，塞坐在大人中间，故意的咳嗽。睡觉的时候，看着帐门外，似乎出其不意的也许伸进一只鬼手来。我只这样想着，便用被将自己的头蒙得严严地，结果是睡得周身是汗！

十三四岁以后，什么都不怕了。在山上独自中夜走过丛冢。风吹草动，我只回头凝视。满立着狰狞的神像的大殿，也敢在阴暗中小立。母亲屡屡说我胆大，因为她像我这般年纪的时候，还是怯弱的很。

我白日里的心，总是很宁静，很坚强，不怕那些看不见的鬼怪。只是近来常常在梦中，或是在将醒未醒之顷，一阵悚然，从前所怕的牛头马面，都积压了来，都聚围了来。我呼唤不出，只觉得怕得很，手足都麻木，灵魂似乎蜷曲着。挣扎到醒来，只见满山的青松，一天的明月。洒然自笑——这样怯弱的梦，十年来已绝不做了。做这梦时，又有些悲哀！童年的事都是有趣的，怯弱的心情，有时也极其可爱。

（二）埋存与发掘

山中的生活，是没有人理的。只要不误了三餐和试验体温的时间，你爱做什么就做什么，医生和看护都不来拘管你。正是童心乘时再现的时候，从前的爱好，都拿来重温一遍。

美国不是我的国，沙穰不是我的家。偶以病因缘，在这里游戏半年，离此后也许此生不再来。不留些纪念，觉得有点过意不去。于是我几乎每日做埋存与发掘的事。

　　我小的时候，最爱做这些事：墨鱼脊骨雕成的小船，五色纸粘成的小人等等，无论什么东西，玩够了就埋起来。树叶上写上字，掩在土里。石头上刻上字，投在水里。想起来时就去发掘看看。想不起来，也就让他悄悄的永久埋存在那里。

　　病中不必装大人，自然不妨重做小孩子！游山多半是独行，于是随时随地留下许多纪念。名片，西湖风景画，用过的纱巾等等，几乎满山中星罗棋布，经过芍药花下，流泉边，山亭里，都使我微笑，这其中都有我的手泽！兴之所至，又往往去掘开看看。

　　有时也遇见人，我便扎煞着泥污的手，不好意思的站了起来。本来这些事很难解说。人家问时，说又不好，不说又不好，迫不得已只有一笑。因此女伴们更喜欢追问，我只有躲着她们。

　　那一次一位旧朋友来。她笑说我近来更孩子气，更爱脸红了，童心的再现，有时使我不好意思是真的。半年的休养，自然血气旺盛，脸红哪有什么爱不爱的可言呢？

（三）古国的音乐

　　去冬多有风雪。风雪的时候，便都坐在广厅里。大家随便谈笑，开话匣子，弹琴，编绒织物等等，只是消磨时间。

　　荣是希腊的女孩子，年纪比我小一点。我们常在一处玩。她以古国国民自居，拉我作伴。常常和美国的女孩子戏笑口角。

　　我不会弹琴，她不会唱，但闷来无事，也就走到琴边胡闹。翻来覆去的只是那几个简单的熟调子。于是大家都笑道："趁早停了罢，这是什么音乐？"她傲然的叉手站在琴旁说："你们懂得什么？这是东西两古国，合奏的古乐，你们哪里配领略！"琴声仍旧不断，歌声愈高，别人的对话，都不相闻。于是大家急了，将她的口掩住，推到屋角去。从后面连椅子连我，一齐拉开。屋里已笑成一团！

最妙的是连"印第阿那①的月"等等的美国调子，一经我们用过，以后无论何时，一听得琴歌声起，大家都互相点头笑说："听古国的乐呵！"

（四）雨雪时候的星辰

寒暑表降到冰点下十八度的时候，我们也是在廊下睡觉。每夜最熟识的就是天上的星辰了。也不过只是点点闪烁的光明，而相看惯了，偶然不见，也有些想望与无聊。

连夜雨雪，一点星光都看不见。荷和我拥衾对坐，在廊子的两角，遥遥谈话。

荷指着说："你看维纳司②（Venus）升起了！"我抬头望时，却是山路转折处的路灯。我怡然一笑，也指着对山的一星灯火说："那边是周彼得③（Jupiter）呢！"

愈指愈多。松林中射来零乱的风灯，都成了满天星宿。真的，雪花隙里，看不出天空和山林的界限，将繁灯当作繁星，简直是抵得过。

一念至诚的将假作真，灯光似乎都从地上飘起。这幻成的星光，都不移动。不必半夜梦醒时，再去追寻他们的位置。

于是雨雪寂寞之夜，也有了慰安了！

---

① 今译印第安纳。

② 今译维纳斯。

③ 今译朱庇特。

（五）她得了刑罚了

休息的时间，是万事不许作的。每天午后的这两点钟，乏倦时觉得需要，睡不着的时候，觉得白天强卧在床上，真是无聊。

我常常偷着带书在床上看。等到看护妇来巡视的时候，就赶紧将书压在枕头底下，闭目装睡。——我无论如何淘气，也不敢大犯规矩，只到看书为止。而璧这个女孩子，却往往悄悄的起来，抱膝坐在床上，逗引着别人谈笑。

这一天她又坐起来。看看无人，便指手画脚的学起医生来。大家正卧着看着她笑，看护妇已远远的来了。她的床正对着甬道，卧下已来不及，只得仍旧皱眉的坐着。

看护妇走到廊上。我们都默然，不敢言语。她问璧说："你怎么不躺下？"璧笑说："我胃不好，不住的打呃，躺下就难受。"看护妇道："你今天饭吃得怎样？"璧惴惴的忍笑的说："还好！"看护妇沉吟了一会便走出去。璧回首看着我们，抱头笑说："你们等着，这一下子我完了！"

果然看见看护妇端着一杯药进来，杯中泡泡作声。璧只得接过，皱眉四顾。我们都用毡子蒙着脸，暗暗的笑得喘不过气来。

看护妇看着她一口气喝完了，才又慢慢的出去。璧颓然的两手捧着胸口卧了下去，似哭似笑的说："天呵！好酸！"

她以后不再胡说了，无病吃药是怎样难堪的事。大家谈起，都快意，拍手笑说："她得了刑罚了！"

（六）Eskimo

沙穰的小朋友替我上的Eskimo的徽号，是我所喜爱的，觉得比以前的别的称呼都有趣！

Eskimo是北美森林中的蛮族。黑发披裘，以雪为屋。过的是冰天雪地的渔猎生涯。我哪能像他们那样的勇敢？

只因去冬风雪无阻的在林中游戏行走。林下冰湖，正是沙穰村中小朋友的溜冰处。我经过，虽然我们屡次相逢，却没有说话。我只觉得他们往往的停了游走，注视着我，互相耳语。

以后医生的甥女告诉我，沙穰的孩子传说林中来了一个Eskimo。问他们是怎样说法，他们以黑发披裘为证。医生告诉他们说不是Eskimo，是院中一个养病的人，他们才不再惊说了。

假如我是真的Eskimo呢，我的思想至少要简单了好些，这是第一件可羡的事。曾看过一本书上说，"近代人五分钟的思想，够原始人或野蛮人想一年的"。人类在生理上，五十万年来没有进步。而劳心劳力的事，一年一年的增加。这是疾病的源泉，人生的不幸！

我愿终身在森林之中，我足踏枯枝，我静听树叶微语。清风从林外吹来，带着松枝的香气。白茫茫的雪中，除我外没有行人。我所见所闻，不出青松白雪之外，我就似可满意了！

出院之期不远，女伴戏对我说："出去到了车水马龙的波司顿①街上，千万不要惊倒。这半年的闭居，足可使你成个痴子！"

不必说，我已自惊悚，一回到健康道上，世事已接踵而来……我倒愿做Eskimo呢。黑发披裘，只是外面的事！

———————————
① 今译波士顿。

（七）说几句爱海的孩气的话

白发的老医生对我说："可喜你已大好了。城市与你不宜，今夏海滨之行，也是取消了为妙。"

这句话如同平地起了一个焦雷！

学问未必都在书本上。纽约，康桥①，芝加哥这些人烟稠密的地方，终身不去也没有什么。只是说不许我到海边去，这却太使我伤心了。

我抬头张目的说："不，你没有阻止我到海边去的意思！"

他笑道："是的，我不愿意你到海边去。太潮湿了，于你新愈的身体没有好处。"

我们争执了半点钟，至终他说："那么你去一个礼拜罢！"他又笑说，"其实秋后的湖上，也够你玩的了！"

我爱慰冰，无非也是海的关系。若完全的叫湖光代替了海色，我似乎不大甘心。

可怜，沙穰的六个多月，除了小小的流泉外，连慰冰都看不见！山也是可爱的，但和海比，的确比不起，我有我的理由！

人常常说："海阔天空。"只有在海上的时候，才觉得天空阔远到了尽量处。在山上的时候，走到岩壁中间，有时只见一线天光。即或是到了山顶，而因着天末是山，天与地的界线便起伏不平，不如水平线的齐整。

海是蓝色灰色的。山是黄色绿色的。拿颜色来比，山也比海不过。蓝色灰色含着庄严淡远的意味，黄色绿色却未免浅显小方一些。固然我

---

① 今译剑桥。

们常以黄色为至尊，皇帝的龙袍是黄色的，但皇帝称为"天子"，天比皇帝还尊贵，而天却是蓝色的。

海是动的，山是静的。海是活泼的，山是呆板的。昼长人静的时候，天气又热，凝神望着青山，一片黑郁郁的连绵不动，如同病牛一般。而海呢，你看她没有一刻静止！从天边微波粼粼的直卷到岸边，触着崖石，更欣然的溅跃了起来，开了灿然万朵的银花！

四围是大海，与四围是乱山，两者相较，是如何滋味，看古诗便可知道。比如说海上山上看月出，古诗说："南山塞天地，日月石上生。"细细咀嚼，这两句形容乱山，形容得极好，而光景何等臃肿，崎岖，僵冷？读了不使人生快感。而"海上生明月，天涯共此时"，也是月出，光景却何等妩媚，遥远，璀璨！

原也是的，海上没有红，白，紫，黄的野花，没有蓝雀，红襟，等等美丽的小鸟。然而野花到秋冬之间，便都萎谢，反予人以凋落的凄凉。海上的朝霞晚霞，天上水里反映到不止红白紫黄这几个颜色。这一片花，却是四时不断的。说到飞鸟，蓝雀，红襟自然也可爱。而海上的沙鸥，白胸翠羽，轻盈的飘浮在浪花之上。"凌波微步，罗袜生尘"。看见蓝雀，红襟，只使我联忆到"山禽自唤名"。而见海鸥，却使我联忆到千古颂赞美人，颂赞到绝顶的句子，是"婉若游龙，翩若惊鸿"！

在海上又使人有透视的能力，这句话天然是真的！你倚栏俯视，你不由自主的要想起这万顷碧琉璃之下，有什么明珠，什么珊瑚，什么龙女，什么鲛纱。在山上呢，很少使人想到山石黄泉以下，有什么金银铜铁。因为海水透明，天然的有引人们思想往深里去的趋向。

简直越说越没有完了，总而言之，统而言之，我以为海比山强得多，说句极端的话，假如我犯了天条，赐我自杀，我也愿投海，不愿坠崖！

争论真有意思！我对于山和海的品评，小朋友们愈和我辩驳愈好。"人心之不同，各如其面"，这样世界上才有个不同和变换。假如世界上的人都是一样的脸，我必不愿见人。假如天下人都是一样的嗜好，穿衣服的颜色式样都是一般的，则世界成了一个大学校，男女老幼都穿一样的制服。想至此不但好笑，而且无味！再一说，如大家都爱海呢，大家都搬到海上去，我又不得清静了！

（八）他们说我幸运

山做了围墙，草场成了庭院，这一带山林是我游戏的地方。早晨朝露还颗颗闪烁的时候，我就出去奔走。鞋袜往往都被露水淋湿了。黄昏睡起，短裙卷袖，微风吹衣，晚霞中我又游云似的在山路上徘徊。

固然的，如词中所说："落日解鞍芳草岸，花无人戴，酒无人劝，醉也无人管！"不是什么好滋味。而"无人管"的情景，有时却真难得。你要以山中踯躅的态度，移在别处，可就不行。在学校中，在城市里，是不容你有行云流水的神意的。只因管你的人太多了！

我们楼后的儿童院，那天早晨我去参观了。正值院里的小朋友们在上课，有的在默写生字，有的在做算学。大家都有点事牵住精神，而忙中偷闲，还暗地传递小纸条，偷说偷玩。小手小脚，没有安静的时候。这些孩子我都认得，只因他们在上课，我只在后面悄悄的坐着，不敢和他们谈话。

不见黑板六个月了，这倒不觉得怎样。只是看见教员桌上那个又大

又圆的地球仪，满屋里矮小的桌子椅子，字迹很大的卷角的书：倏时将我唤回到十五年前去。而黑板上写着的

$$35 \qquad 21 \qquad 18 \qquad 64$$
$$-15 \qquad +10 \qquad -\ 9 \qquad \times 69$$

方程式。以及站在黑板前扶头思索，将粉笔在手掌上乱画的小朋友，我看着更觉得有一种说不出的怅惘。窗外日影徐移，虽不是我在上课，而我呆呆的看着壁上的大钟，竟有急盼放学的意思。

放学了，我正和教员谈话，小朋友们围拢来将我拉开了。保罗笑问我说："你们那楼里也有功课么？"我说："没有，我们天天只是玩！"彼得笑叹道："你真是幸运！"

他们也是休养着，却每天仍有四点钟的功课。我出游的工夫，只在一定的时间里，才能见着他们。

唤起我十五年前的事，惭愧！"三七二十一，四七二十八"的背乘数表等等，我已算熬过去，打过这一关来了！而回想半年前，厚而大的笔记本，满屋满架的参考书，教授们流水般的口讲……如今病好了，这生活还必须去过，又是怃然。

这生活还必须去过。不但人管，我也自管。"哀莫大于心死"，被人管的时候，传递小纸条偷说偷玩等事，还有工夫做。而自管的时候，这种动机竟绝然没有。十几年的训练，使人绝对的被书本征服了！

小朋友，"幸运"这两字又岂易言？

（九）机器与人类幸福

小朋友一定知道机器的用处和好处，就是省人力，能在很短的时间

内做很重大的工作。

在山中闲居，没有看见别的机器的机会。而山右附近的农园中的机器，已足使我赞叹。

他们用机器耕地，用机器撒种。以至于刈割等等，都是机器一手经理。那天我特地走到山前去，望见农人坐在汽机上，开足机力，在田地上突突爬走。很坚实的地土，汽机过处，都水浪似的，分开两边。不到半点钟工夫，很宽阔一片地，都已耕松了。

农人从衣袋里掏出表来一看，便缓缓的捩转汽机，回到园里去。我也自转身。不知为何，竟然微笑。农人运用大机器，而小机器的表，又指挥了农人。我觉得很滑稽！

我小的时候，家园墙外，一望都是麦地。耕种收割的事，是最熟见不过的了。农夫农妇，汗流浃背的蹲在田里，一锄一锄的掘，一镰刀一镰刀的割。我在旁边看着，往往替他们吃力，又觉得迟缓的可怜！

两下里比起来，我确信机器是增进人类幸福的工具。但昨天我对于此事又有点怀疑。

昨天一下午，楼上楼下几十个病人都没有睡好！休息的时间内，山前耕地的汽机，轧轧的声满天地。酷暑的檐下，蒸炉一般热的床上，听着这单调而枯燥，震耳欲聋的铁器声，连续不断，脑筋完全跟着它颠簸了。焦躁加上震动，真使人有疯狂的倾向！

楼上下一片喃喃怨望声，却无法使这机器止住。结果我自己头痛欲裂。楼下那几个日夜发烧到一百零三，一百零四度①的女孩子，我真替她们可怜。更不知她们烦恼到什么地步！农人所节省的一天半天的工

---

① 这里指华氏度。

夫，和这几十个病人，这半日精神上所受的痛苦和损失，比较起来，相差远了！机器又似乎未必能增益人类的幸福。

想起幼年，我的书斋，只和麦地隔一道墙。假如那时的农人也用机器，简直我的书不用念了！

这声音直到黄昏才止息。我因头痛，要出去走走，顺便也去看看那害我半日不得休息的汽机。——走到田边，看见三四个农人正站着踟蹰，手臂都叉在腰上，摇头叹息。原来机器坏了！这座东西笨重的很，十个人也休想搬得动。只得明天再开一座汽机来拉他。

我一笑就回来了——

（十）鸟兽不可与同群

女伴都笑茀玲是个傻子。而她并没有傻子的头脑，她的话有的我很喜欢。她说："和人谈话真拘束，不如同小鸟小猫去谈。他们不扰乱你，而且温柔的静默的听你说。"

我常常看见她坐在樱花下，对着小鸟，自说自笑。有时坐在廊上，抚着小猫，半天不动。这种行径，我并不觉得讨厌。也许就是因此，女伴才赠她以傻子的徽号，也未可知。

和人谈话未必真拘束，但如同生人，大人先生等等，正襟危坐的谈起来，却真不能说是乐事。十年来正襟危坐谈话的时候，一天比一天的多。我虽也做惯了，但偶有机会，我仍想释放我自己，这半年我就也常常做傻子了！

第一乐事，就是拔草喂马。看着这庞然大物，温驯的磨动他的松软的大口，和齐整的大牙，在你手中吃嚼青草的时候，你觉得他有说不尽的妩媚。

每日山后牛棚，拉着满车的牛乳罐的那匹斑白大马，我每日喂他。乳车停住了，驾车人往厨房里搬运牛乳。我便慢慢的过去。在我跪伏在樱花底下，拔那十样锦的叶子的时候，他便侧转那狭长而良善的脸来看我，表示他的欢迎与等待。我们渐渐熟识了。远远的看见我，他便抬起头来。我相信我离开之后，他虽不会说话，他必每日的怀念我。

还有就是小狗了。那只棕色的，在和我生分的时候，曾经吓过我。那一天雪中游山，出其不意在山顶遇见他。他追着我狂吠不止，我吓得走不动。他看我吓怔了，才住了吠，得了胜利似的，垂尾下山而去。我看他走了，一口气跑了回来。三夜没有睡好，心脉每分钟跳到一百十五下。

女伴告诉我，他是最可爱的狗，从来不咬人的。以后再遇见他，我先呼唤他的名字，他竟摇尾走了过来。自后每次我游山，他总是前前后后的跟着走。山林中雪深的时候，光景很冷静。他总算助了我不少的胆子。

此外还有一只小黑狗，尤其跳荡可爱。一只小白狗，也很驯良。

我从来不十分爱猫。因为小猫很带狡猾的样子，又喜欢抓人。医院中有一只小黑猫，在我进院的第二天早起刚开了门，她已从门隙塞进来，一跃到我床上，悄悄的便伏在我的怀前。眼睛慢慢的闭上，很安稳的便要睡着。我最怕小猫睡时呼吸的声音！我想推她，又怕她抓我。那几天我心里又难过，因此愈加焦躁。幸而看护妇不久便进来！我皱眉叫她抱出这小猫去。

以后我渐渐的也爱她了。她并不抓人。当她仰卧在草地上，用前面两只小爪，拨弄着玫瑰花叶，自惊自跳的时候，我觉得她充满了活泼和欢悦。

小鸟是怎样的玲珑娇小呵！在北京城里，我只看见老鸦和麻雀，有时也看见啄木鸟。在此却是雪未化尽，鸟儿已成群的来了。最先的便是青鸟。西方人以青鸟为快乐的象征，我看最恰当不过。因为青鸟的鸣声中，婉转的报着春的消息。

知更雀的红胸，在雪地上，草地上站着，都极其鲜明。小蜂雀更小到无可苗条。从花梢飞过的时候，竟要比花还小。我在山亭中有时抬头瞥见，只屏息静立，连眼珠都不敢动。我似乎恐怕将这弱不禁风的小仙子惊走了。

此外还有许多毛羽鲜丽的小鸟，我因找不出他们的中国名字，只得阙疑。早起朝日未出，已满山满谷的起了轻美的歌声。在朦胧的晓风之中，敧枕倾听，使人心魂俱静。春是鸟的世界，"以鸟鸣春"和"春眠不觉晓，处处闻啼鸟"，这两句话，我如今彻底的领略过了！

我们幕天席地的生涯之中，和小鸟最相亲爱。玫瑰和丁香丛中更有青鸟和知更雀的巢。那巢都是筑得极低，一伸手便可触到我常常去探望小鸟的家庭，而我却从不做偷卵捉雏等等，破坏他们家庭幸福的事。我想到我自己不过是暂时离家，我的母亲和父亲已这样的牵挂。假如我被人捉去，关在笼里，永远不得回来呢，我的父亲母亲岂不心碎？我爱自己，也爱雏鸟，我爱我的双亲，我也爱雏鸟的双亲！

而且是怎样有趣的事，你看小鸟破壳出来，很黄的小口，毛羽也很稀疏，觉得很丑。他们又极其贪吃，终日张口在巢里啾啾的叫，累得他母亲飞去飞回的忙碌。渐渐的长大了，他母亲领他们飞到地上。他们的毛羽很蓬松，两只小腿蹒跚的走，看去比他们的母亲还肥大。他们很傻的样子，茫然的只跟着母亲乱跳，母亲偶然啄得了一条小虫，他们便纷然的过去，啾啾的争着吃。早起母亲教给他们歌唱，母亲的声音极婉转，他们的声音，却很憨涩。这几天来，他们已完全的会飞了，会唱了，也知道自己觅食，不再累他们的母亲了。前天我去探望他们时，这些雏鸟已不在巢里，他们已筑起新的巢了，在离他们的父母的巢不远的枝上。他们常常来看他们的父母的。

还有虫儿也是可爱的。藕合色的小蝴蝶，背着圆壳的蜗牛，嗡嗡的蜜蜂，甚至于水里每夜乱唱的青蛙，在花丛中闪烁的萤虫，都是极温柔，极其孩气的。你若爱他，他也爱你们。因为他们喜爱小孩子。大人们太忙，没有工夫和他们玩。

一九七九年七月四日清晨。

一寸法师

在日本旅行的时候，常常会听到一些民间故事。在游览的大汽车里，总有一位女向导员，她指点着窗外的风景，告诉你这是什么山，什么水，什么桥，什么村，同时也给你讲些和这山、水、桥、村有关的故事，并唱些和这故事有关的民歌。

但是这一段特别有趣、特别动人的关于一寸法师的故事，却是我自己在琵琶湖边、石山寺的大黑天神殿里发现的！在神殿的阶下小摊上，摆着许多小小的纪念品，其中一种是只有一寸长的小木槌，把槌柄拔出，可以从槌身里面倒出米粒大小、纸片般薄的两个小金像来。这两个小金像，一个是僧家打扮，手里拿着一把槌子，一个是裙帔飘扬的宫妆美人。问起来知道是一寸法师的故事。因为这小木槌太小巧可爱了，我就买了一个，在下山的路上，便请同行的日本朋友，给我讲一寸法师的故事。

他笑说：这故事和其他的民间故事一样，有好几种说法。我所听到的是：一寸法师是古代日本津国难波地方农民家的孩子，他的父母到了四十岁还没有儿女，就到神庙里去祈求，回来母亲就怀了孕，等到孩子生下来，身长却只有一寸。但是他的父母仍是珍宝般地把他养活起来，因为孩子是在神前求来的，就给他起名叫一寸法师。一寸法师长到了十二三岁，身材仍不见长，父母就忧虑起来了。一寸法师是个很孝顺又有志气的孩子，就毅然地对父母说："让我自己出去闯一个天下吧，天地之大，还怕没有我生存的地方？"于是他从流着眼泪的父母手里接过了一只船形的酒杯，一双筷子，一把套在麦秆鞘里的小针刀，就向他们道别了。

一寸法师把那柄针刀挂在腰间，登上酒杯船，拿两只筷子作了桨，一直往京都划去。他到了京都的清水寺前，一直上门来求见方丈。方丈出来接见的时候，看见他从看门人的木屐底下走出来，大大地吃了一惊！但是看他身材虽小，却是气宇轩昂，谈吐不凡，方丈十分喜爱，把他留下，让他在大殿里做些杂务。

有一天，有一位公主来到寺里烧香，引动了一个妖魔，想把公主抢走。妖魔来的时候，飞沙走石，天昏地暗，公主的侍从人员和庙中僧众都吓得四散奔逃。正当妖魔向公主伸出巨爪的时候，一寸法师从殿角钻出来了！他奋不顾身地拔出针刀向着妖魔刺去。妖魔看见一寸法师是那么渺小，他呵呵大笑着把一寸法师一把抓起吞在肚里。一寸法师沉着地滚到他心脏深处，举起针刀，向妖魔的五脏六腑乱刺起来。痛得那妖魔狂嗥着把一寸法师呕了出来，拼命奔逃，把手里的木槌也忘下了。公主惊魂初定，伸手去拾起木槌的时候，发现她的救命恩人一寸法师雄赳赳气昂昂地站在那里。公主是多么感激而且喜爱这个一寸长的少年呀！她俯下身去含羞而恳挚地说，"你从妖魔手里救了我，我就是你的人了，让我们成为夫妇吧！"一寸法师羞得满面通红，说："公主，我救你也不是因为我要跟你结婚……而且，我长得这么细小，怎能作你的丈夫，你还是回宫去吧。"说着回身便走，公主伸手去挽留他时，手里的木槌掉在地下，在这魔槌的声响之中，一寸法师的身材便长了好几寸。公主惊喜地把魔槌连敲了几下，一寸法师便长得和平常人一样高了。这故事的结局，不消说，是一寸法师和公主结了婚，快快乐乐地过日子。

有一位朋友说：这段故事既是有趣又很动人。一寸长的小人儿，是儿童们所喜爱的形象，而且这小人儿又是这样奋不顾身地敢以一寸之躯来同妖魔斗争，这种舍己为人的高尚品质，也会引起儿童的尊敬。若把它用文学的手笔好好加工起来，一定会成为一段很好的童话。

在我一面听着这故事一面走下山去的时候，我心里所想的却不是写童话，而是回忆我在行前所看到的一本书：《不怕鬼的故事》。那本书里的故事都是反映我国古代人民的大无畏的精神的。我觉得一寸法师的故事，也反映了日本古代人民的大无畏的精神！从故事里的力量对比来看，一寸法师只有普通人千百分之一的大小，而妖魔比飘忽阴森的鬼魂却更是神通广大。一寸法师在间不容发之顷，挺身而出，却又能利用自己身材细小的优点，机智地钻到妖魔的心里，用针刀去刺他的脏腑，终于击败了强敌，得到了木槌，也得到幸福。我相信日本人民是可以从这故事里得到加强反美爱国斗争的信心的作用的。

回到东京去，我们住进一家很幽雅的日本式旅馆——福田家。当我走进我的屋了的时候，抬头，便看见在"床之间"里挂的一幅画，这画是一张条幅，上面是个"福"字，下面就是和我从石山寺买回来的一样形状的木槌！"床之间"本是一种神龛，它的地位等于我们旧家庭里中堂上摆的供桌，日本人总在"床之间"里虔诚地挂起一幅好画，前面再摆上一瓶鲜花。这幅画把"福"字和木槌画在一起，而且供奉在"床之间"里面，足见日本人民是相信只有战胜妖魔才能得到幸福的。我一面放下行囊，脱下大衣，一面喜悦地微笑了起来。

我的童年

　　我生下来七个月，也就是一九〇一年的五月，就离开我的故乡福州，到了上海。

　　那时我的父亲是"海圻"巡洋舰的副舰长，舰长是萨镇冰先生。巡洋舰"海"字号的共有四艘，就是"海圻"、"海筹"、"海琛"、"海容"，这几艘军舰我都跟着父亲上去过。听说还有一艘叫做"海天"的，因为舰长驾驶失误，触礁沉没了。

　　上海是个大港口，巡洋舰无论开到哪里，都要经过这里停泊几天，因此我们这一家便搬到上海来，住在上海的昌寿里。这昌寿里是在上海的哪一区，我就不知道了，但是母亲所讲的关于我很小时候的故事，例如我写在《寄小读者》通讯（十）里面的一些，就都是以昌寿里为背景的。我关于上海的记忆，只有两张相片作为根据，一张是父亲自己照的：年轻的母亲穿着沿着阔边的衣裤，坐在一张有床架和帐楣的床边上，脚卜还摆着一个脚炉，我就站在她的身旁，头上是一顶青绒的帽子，身上是一件深色的棉袍。父亲很喜欢玩些新鲜的东西，例如照相，我记得他的那个照相机，就有现在卫生员背的药箱那么大！他还有许多冲洗相片的器具，至今我还保存有一个玻璃的漏斗，就是洗相片用的器具之一。另一张相片是在照相馆照的，我的祖父和老姨太坐在茶几的两边，茶几上摆着花盆、盖碗茶杯和水烟筒，祖父穿着夏天的衣衫，手里拿着扇子；老姨太穿着沿着阔边的上衣，下面是青纱裙子。我自己坐在他们中间茶几前面的一张小椅子上，头上梳着两个丫角，身上穿的是浅色衣裤，两手按在膝头，手腕和脚踝上都戴有银镯子，看样子不过有两三岁，至少是会走了吧。

父亲四岁丧母，祖父一直没有再续弦，这位老姨太大概是祖父老了以后才娶的。我在一九一一年回到福州时，也没有听见家里人谈到她的事，可见她在我们家里的时间是很短暂的，记得我们住在山东烟台的时期内，祖父来信中提到老姨太病故了。当我们后来拿起这张相片谈起她时，母亲就夸她的活计好，她说上海夏天很热，可是老姨太总不让我光着膀子，说我背上的那块蓝"记"是我的前生父母给涂上的，让他们看见了就来讨人了。她又知道我母亲不喜欢红红绿绿的，就给我做白洋纱的衣裤或背心，沿着黑色烤绸的边，看去既凉爽又醒目。母亲说她太费心了，她说费事倒没有什么，就是太素淡了。的确，我母亲不喜欢浓艳的颜色，我又因为从小男装，所以我从来没有扎过红头绳。现在，这两张相片也找不到了。

在上海那两三年中，父亲隔几个月就可以回来一次。母亲谈到夏天夜里，父亲有时和她坐马车到黄浦滩上去兜风，她认为那是她在福州时所想望不到的。但是父亲回到家来，很少在白天出去探亲访友，因为舰长萨镇冰先生说不定什么时候就会派水手来叫他。萨镇冰先生是父亲在海军中最敬仰的上级，总是亲昵地称他为"萨统"。（"统"就是

"统领"的意思，我想这也和现在人称的"朱总"、"彭总"、"贺总"差不多。）我对萨统的印象也极深。记得有一次，我拉着一个来召唤我父亲的水手，不让他走，他笑说："不行，不走要打屁股的！"我问："谁叫打？用什么打？"他说："军官叫打就打，用绳子打，打起来就是'一打'，'一打'就是十二下。"我说："绳子打不疼吧？"他用手指比划着说："喝！你试试看，我们船上用的绳索粗着呢，浸透了水，打起来比棒子还疼呢！"我着急地问："我父亲若不回去，萨统会打他吧？"他摇头笑说："不会的，当官的顶多也就记一个过。萨统很少很少打人，你父亲也不打人，打起来也只打'半打'，还叫用干索子。"我问："那就不疼了吧？"他说："那就好多了……"这时父亲已换好军装出来，他就笑着跟在后面走了。

大概就在这个时候，母亲生了一个妹妹，不几天就夭折了。头几天我还搬过一张凳子，爬上床去亲她的小脸，后来床上就没有她了。我问妹妹哪里去了，祖父说妹妹逛大马路去了，但她始终就没有回来！

一九○三——一九○四年之间，父亲奉命到山东烟台去创办海军军官学校。我们搬到烟台，祖父和老姨太又回到福州去了。

我们到了烟台，先住在市内的海军采办所，所长叶茂蕃先生让出一间北屋给我们住。南屋是一排三间的客厅，就成了父亲会客和办公的地方。我记得这客厅里有一幅（副）①长联是：

此地有崇山峻岭茂林修竹

是能读三坟五典八索九丘

---

① 括号内的楷体字注释为编者注。

　　我提到这一幅（副）对联，因为这是我开始识字的一本课文！父亲那时正忙于拟定筹建海军学校的方案，而我却时刻缠在他的身边，说这问那，他就停下笔指着那幅（副）墙上的对联说："你也学着认认字好不好？你看那对子上的山、竹、三、五、八、九这几个字不都很容易认的吗？"于是我就也拿起一支笔，坐在父亲的身旁一边学认一边学写，就这样，我把对联上的二十二个字都会念会写了，虽然直到现在我还不知道这"三坟五典八索九丘"究竟是哪几本古书。

　　不久，我们又搬到烟台东山北坡上的一所海军医院去寄居。这时来帮我父亲做文书工作的，我的舅舅杨子敬先生，也把家从福州搬来了，我们两家就住在这所医院的三间正房里。

　　这所医院是在陡坡上坐南朝北盖的，正房比较阴冷，但是从廊上东望就看见了大海！从这一天起，大海就在我的思想感情上占了一个极其重要的位置。我常常心里想着它，嘴里谈着它，笔下写着它；尤其是三年前的十几年里，当我忧从中来，无可告语的时候，我一想到大海，我的心胸就开阔了起来，宁静了下去！一九二四年我在美国养病的时候，曾写信到国内请人写一幅（副）"集龚"的对联，是：

　　世事沧桑心事定
　　胸中海岳梦中飞

　　谢天谢地，因为这幅（副）很短小的对联，当时是卷起压在一只大书箱的箱底的，"四人帮"横行，我家被抄的时候，它竟没有和我其他珍藏的字画一起被抄走！

现在再回来说这所海军医院。它的东厢房是病房，西厢房是诊室，有一位姓李的老大夫，病人不多。门房里还住着一位修理枪支的师傅，大概是退伍军人吧！我常常去蹲在他的炭炉旁边，和他攀谈。西厢房的后面有个大院子，有许多花果树，还种着满地的花，还养着好几箱的蜜蜂，花放时热闹得很。我就因为常去摘花，被蜜蜂蜇了好几次，每次都是那位老大夫给我上的药，他还告诫我：花是蜜蜂的粮食，好孩子是不抢人的粮食的。

这时，认字读书已成了我的日课，母亲和舅舅都是我的老师，母亲教我认"字片"，舅舅教我的课本，是商务印书馆的国文教科书第一册，从"天地日月"学起。有了海和山作我的活动场地，我对于认字，就没有了兴趣，我在一九三二年写的《冰心全集》自序中，曾有过这一段，就是以海军医院为背景的：

> ……有一次母亲关我在屋里，叫我认字，我却挣扎着要出去。父亲便在外面，用马鞭子重重地敲着堂屋的桌子，吓唬我，可是从未打到我的头上的马鞭子，也从未把我爱跑的癖气吓唬回去……

不久，我们又翻过山坡，搬到东山东边的海军练营旁边新盖好的房子里。这座房子盖在山坡挖出来的一块平地上，是个四合院，住着筹备海军学校的职员们。这座练营里已住进了一批新招来的海军学生，但也住有一营（？）的练勇（大概那时父亲也兼任练营的营长）。我常常跑到营门口去和站岗的练勇谈话。他们不像兵舰上的水兵那样穿白色军装。他们的军装是蓝布包头，身上穿的也是蓝色衣裤，胸前有白线绣的

"海军练勇"字样。当我跟着父亲走到营门口，他们举枪立正之后，父亲进去了就挥手叫我回来。我等父亲走远了，却拉那位练勇蹲了下来，一面摸他的枪，一面问："你也打过海战吧？"他摇头说："没有。"我说："我父亲就打过，可是他打输了！"他站了起来，扛起枪，用手拍着枪托子，说："我知道，你父亲打仗的时候，我还没当兵呢。你等着，总有一天你的父亲还会带我们去打仗，我们一定要打个胜仗，你信不信？"这几句带着很浓厚山东口音的誓言，一直在我的耳边回响着！

回想起来，住在海军练营旁边的时候，是我在烟台八年之中，离海最近的一段。这房子北面的山坡上，有一座旗台，是和海上军舰通旗语的地方。旗台的西边有一条山坡路通到海边的炮台，炮台上装有三门大炮，炮台下面的地下室里还有几个鱼雷，说是"海天"舰沉后捞上来的。这里还驻有一支穿白衣军装的军乐队，我常常跟父亲去听他们演习，我非常尊敬而且羡慕那位乐队指挥！炮台的西边有一个小码头。父亲的舰长朋友们来接送他的小汽艇，就是停泊在这码头边上的。

写到这里，我觉得我渐渐地进入了角色！这营房、旗台、炮台、码头，和周围的海边山上，是我童年初期活动的舞台。我在一九六二年九月十八日夜曾写过一篇叫做《海恋》的散文，里面有：

　　……我童年活动的舞台上，从不更换的布景……在清晨，我看见金盆似的朝日，从深黑色、浅灰色、鱼肚白色的云层里，忽然涌了上来；这时太空轰鸣，浓金泼满了海面，染透了诸天……在黄昏，我看见银盘似的月亮，颤巍巍地捧出了水平，海面变成一层层一道道的，由浓黑而银灰，渐渐地漾成光明闪烁的一片……这个舞台，绝顶静寂，无边辽阔，我既是演员，又是剧作者。我虽然单身独自，我却感到无限的欢畅与自由。

就在这个期间，一九○六年，我的大弟谢为涵出世了。他比我小得多，在家塾里的表哥哥和堂哥哥们又比我大得多；他们和我玩不到一块儿，这就造成了我在山巅水涯独往独来的性格。这时我和父亲同在的时间特别多。白天我开始在家塾里附学，念一点书，学作一些短句子，放了学父亲也从营里回来，他就教我打枪、骑马、划船，夜里就指点我看星星。逢年过节，他也带我到烟台市上去，参加天后宫里海军军人的聚会演戏，或到玉皇顶去看梨花，到张裕酿酒公司的葡萄园里去吃葡萄，更多的时候，就是带我到进港的军舰上去看朋友。

一九○八年，我的二弟谢为杰出世了，我们又搬到海军学校后面的新房子里来。

这所房子有东西两个院子，西院一排五间是我们和舅舅一家合住的。我们住的一边，父亲又在尽东头面海的一间屋子上添盖了一间楼房，上楼就望见大海。我在《海恋》中有过这么一段描写，就是在这楼上所望见的一切：

右边是一座屏幛似的连绵不断的南山，左边是一带围抱过来的丘陵，土坡上是一层一层的麦地，前面是平坦无际的淡黄的沙滩。在沙滩与我之间，有一簇依山上下高低不齐的农舍，亲热地偎倚成一个小小的村落。在广阔的沙滩前面，就是那片大海！这大海横亘南北，布满东方的天边，天边有几笔淡墨画成的海岛，那就是芝罘岛，岛上有一座灯塔……

在这时期，我上学的时间长了，看书的时间也多了，主要的还是因为离海远些了，父亲也忙些了，我好些日子才到海滩上去一次，我记得这海滩上有一座小小的龙王庙，庙门上的对联是：

群生被泽

四海安澜

因为少到海滩上去，那间望海的楼房就成了我常去的地方。这房间算是客房，但是客人很少来往，父亲和母亲想要习静的时候就到那里去。我最喜欢在风雨之夜，倚栏凝望那灯塔上的一停一射的强光，它永远给我以无限的温暖快慰的感觉！

这时，我们家塾里来了一位女同学，也是我的第一个女伴，她是父亲同事李毓丞先生的女儿名叫李梅修的，她比我只大两岁，母亲说她比我稳静得多。她的书桌和我的摆在一起，我们十分要好。这时，我开始学会了"过家家"，我们轮流在自己"家"里"做饭"，互相邀请，吃些小糖小饼之类。一九一一年，我们在福州的时候，父亲得到李伯伯从上海的来信，说是李梅修病故了，我们都很难过，我还写了一篇《祭亡友李梅修文》寄到上海去。

　　我和李梅修谈话或做游戏的地方，就在楼房的廊上，一来可以免受表哥哥和堂哥哥们的干扰，二来可以赏玩海景和园景。从楼廊上往前看是大海，往下看就是东院那个客厅和书斋的五彩缤纷的大院子。父亲公余喜欢栽树种花，这院子里种有许多果树和各种的花。花畦是父亲自己画的种种几何形的图案，花径是从海滩上挑来的大卵石铺成的，我们清晨起来，常常在这里活动。我记得我的小舅舅杨子玉先生，他是我的外叔祖父杨颂岩老先生的儿子，那时正在唐山路矿学堂肄业，夏天就到我们这里来度假。他从烟台回校后，曾寄来一首长诗，头几句我忘了，后几句是：

　　…………
　　…………

　　忆昔夏日来芝罘

　　照眼繁花簇小楼

　　清晨微步惬情赏

　　向晚琼筵勤劝酬

　　欢娱苦短不逾月

　　别来倏忽惊残秋

　　花自凋零吾不见

　　共怜福份几生修

　　小舅舅是我们这一代最欢迎的人，他最会讲故事，讲得有声有色。他有时讲吊死鬼的故事来吓唬我们，但是他讲得更多的是民族意识很浓厚的故事，什么洪承畴卖国啦，林则徐烧鸦片啦等等，都讲得慷慨淋漓，我们听过了往往兴奋得睡不着觉！他还拉我的父亲和父亲的同事们组织赛诗会，就是：在开会时大家议定了题目，限了韵，各人分头做诗，传观后评定等次，也预备了一些奖品，如扇子、笺纸之类。赛诗会总是晚上在我们书斋里举行，我们都坐在一边旁听。现在我只记得父亲做的《咏蟋蟀》一首，还不完全：

　　庭前……正花黄
　　床下高吟际小阳
　　笑尔专寻同种斗
　　争来名誉亦何香

　　还有《咏茅屋》一首，也只记得两句：

　　…………
　　…………
　　久处不须忧瓦解
　　雨余还得草根香

　　我记住了这些句子，还是因为小舅舅和我父亲开玩笑，说他做诗也解脱不了军人的本色。父亲也笑说："诗言志嘛，我想到什么就写什么，当然用词赶不上你们那么文雅了。"但是我体会到小舅舅的确很喜欢父亲的"军人本色"，我的舅舅们和父亲以及父亲的同事们在赛诗会后，往往还谈到深夜。那时我们都睡觉去了，也不知道他们都谈些什么。

小舅舅每次来过暑假，都带来一些书，有些书是不让我们看的，越是不让看，我们就越想看，哥哥们就怂恿我去偷，偷来看时，原来都是《天讨》之类的"同盟会"的宣传册子。我们偷偷地看了之后，又偷偷地赶紧送回原处。

一九一○年我的三弟谢为楫出世了。就在这后不久，海军学校发生了风潮！

大概在这一年之前，那时的海军大臣载洵，到烟台海军学校视察过一次，回到北京，便从北京贵胄学堂派来了二十名满族学生，到海军学校学习。在一九一一年的春季运动会上，为着争夺一项锦标，一两年中蕴积的满汉学生之间的矛盾表面化了！这一场风潮闹得很凶，北京就派来了一个调查员郑汝成，来查办这个案件。他也是父亲的同学。他背地里告诉父亲，说是这几年来一直有人在北京告我父亲是"乱党"，并举海校学生中有许多同盟会员——其中就有萨镇冰老先生的侄子（？）萨福昌……而且学校图书室订阅的，都是《民呼报》之类，替同盟会宣传的报纸为证等等，他劝我父亲立即辞职，免得落个"撤职查办"。父亲同意了，他的几位同事也和他一起递了辞呈。就在这一年的秋天，父亲恋恋不舍地告别了他所创办的海军学校，和来送他的朋友、同事和学生，我也告别了我的耳鬓厮磨的大海，离开烟台，回到我的故乡福州去了！

这里，应该写上一段至今回忆起来仍使我心潮澎湃的插曲。振奋人心的辛亥革命在这年的十月十日发生了！我们在回到福州的中途，在上海虹口住了一个多月。我们每天都在抢着等着看报。报上以黎元洪将军（他也是父亲的同班同学，不过父亲学的是驾驶，他学的是管轮）署名从湖北武昌拍出的起义的电报（据说是饶汉祥先生的手笔），写得慷慨激昂，篇末都是以"黎元洪泣血叩"收尾。这时大家都纷纷捐款劳军，我记得我也把攒下的十块压岁钱，送到申报馆去捐献，收条的上款还写有"幼女谢婉莹君"字样。我把这张小小的收条，珍藏了好多年，现在，它当然也和如水的年光一同消逝了！

腊八粥

从我能记事的日子起，我就记得每年农历十二月初八，母亲就给我们煮腊八粥。

这腊八粥是用糯米、红糖和十八种干果掺在一起煮成的。干果里大的有红枣、桂圆、核桃、白果、杏仁、栗子、花生、葡萄干等，小的有各种豆子和芝麻之类，吃起来十分香甜可口。母亲每年都是煮一大锅，不但合家大小都吃到了，有多的还分送给邻居和亲友。

母亲说：这腊八粥本来是佛教寺院煮来供佛的——十八种干果象征着十八罗汉，后来这风俗便在民间通行。因为借这机会，清理厨柜，把这些剩余杂果煮给孩子吃，也是节约的好办法。最后，她叹一口气说："我的母亲是腊八这一天逝世的！那时我只有十四岁。我伏在她身上痛哭之后，赶忙到厨房去给父亲和哥哥做早饭，还看见灶上摆着一小锅她昨天煮好的腊八粥。现在我每年还煮这腊八粥，不是为了供佛，而是为了纪念我的母亲。"

　　我的母亲是一九三〇年一月七日逝世的，正巧那天也是农历腊八！那时我已有了自己的家，为了纪念我的母亲，我也每年在这一天煮腊八粥，虽然我凑不上十八种的干果，但是孩子们也还是爱吃的。抗战后南北迁徙，有时还在国外，尤其是最近的十年，我们几乎连个"家"都没有，也就把"腊八"这个日子淡忘了。

　　今年"腊八"这一天早晨，我偶然看见我的第三代几个孩子，围在桌子旁边，在洗红枣、剥花生，看见我来了，都抬起头来说："姥姥，以后我们每年还煮腊八粥吃吧！妈妈说这腊八粥可好吃啦。您从前是每年都煮的。"我笑了，心想这些孩子们真馋。我说："那是你妈妈们小时候的事情了，在抗战的时候，难得吃到一点甜食，吃腊八粥就成了大典。现在为什么还找这个麻烦？"

　　他们彼此对看了一下，低下头去，一个孩子轻轻地说："妈妈和姨妈说，您母亲为了纪念她的母亲，就每年煮腊八粥，您为了纪念您的母亲，也每年煮腊八粥。现在我们为了纪念我们敬爱的周总理、周爷爷，我们也要每年煮腊八粥！这些红枣、花生、栗子和我们能凑来的各种豆子，不是代表十八罗汉，而是象征着我们这一代准备走上各条战线的中国少年，大家紧紧地、融洽地、甜甜蜜蜜地团结在一起……"他一面从口袋里掏出一小张叠得很平整的小日历纸，在一九七六年一月八日的下面，印着"农历乙卯年十二月八日"字样。他把这张小纸送到我眼前说："您看，这是妈妈保留下来的，周爷爷的忌表，就是腊八！"

　　我没有说什么，只泫然地低下头去，和他们一同剥起花生来。

　　　　　　　　　　　　　　　　　一九七九年二月三日凌晨。

灯　光

——为《东方少年》创刊而写

初冬黎明时的灯光，总给人一种温暖，一种慰藉，一种希望。因为从家家窗户射出来的光明，是这片大地上人们醒起的信号，是灿烂阳光的前奏！

我的卧室是朝南的。我的床紧挨着北墙，从枕上总能看见前面那一座五层楼的宿舍，黑暗中就像一堵大灰墙似的。

近来睡眠少了，往往在黎明四五点钟醒来，这时天空沉黑，万籁无声，而我的心潮却挟着百感，汹涌而来……长夜漫漫，我充分地体会到古人诗中所说的"秋宵不肯明"的无聊滋味。

这时对面那座楼上忽然有一扇窗户亮了！这一块长方形的桔红色的灯光，告诉我，我不是一个独醒的人！我忽然心里感到说不出的快乐。

白天，我在楼下散步的时候，在我们楼前奔走踢球的男孩子，和在我窗外的松树和梨树之间拴上绳子跳猴皮筋的女孩子，他们和我招呼时，常常往前面一指说："我们的家就在那座楼上，你看那不是我们的窗户！"

从这扇发光的窗户位置上看去，我认出了那是央金家的盥洗室。这个用功的小姑娘，一早就起来读书了。

渐渐地一扇又一扇的窗户，错错落落地都亮了起来。强强，阿卜都拉[①]他们也都起来了，他们在一夜充分地休息之后，正在穿衣、漱洗，精神抖擞地准备每天清晨的长跑。

这时天空已从深灰色变成了浅灰色，前面的大楼已现了轮廓，灯光又一盏一盏地放心地灭了。天光中已出现了鱼肚白色，灿烂的朝阳，不久就要照到窗前的书案上了。

灯光已经完成了它的"阳光的先行者"的使命，我也开始了我的宁静愉悦的一天。

---

① 今译阿卜杜拉。

意外的收获

　　《瞭望》杂志海外版让记者张慧贤同志来，要我向海外同胞介绍去年北京市妇女联合会等四个单位，联合主办小学生作文比赛的情况，并带来几份小学生的作文。这个任务来得很突然，我刚从医院归来，身心交瘁，很难执笔，但是看了几篇得奖的小学生作文以后，我感到还有些话可以向海外同胞报告一下。

　　这征文的缘起是这样的：去年上半年，由北京市妇联、北京市教育局、北京市家庭研究会和《北京晚报》，联合主办北京市小学生《我的妈妈》专题作文比赛，不久就收到应征的小学生作文十五万六千份。去年的下半年，又主办了《我的爸爸》征文比赛，在短短一个月内，又收到应征作文二十三万份！也就是说这三十八万六千篇短文，真实地反映了中国八十年代北京城乡的几十万个年轻的爸爸妈妈的形象和几十万个小学生的观察和判断。

　　这些征文都请了儿童教育家、儿童文学家和教师们来参加评定。奖品也分等次，有文具、玩具、糖果等，也不用去细说了。

从记者同志送来的几篇得奖的作文里，我感到有意外的收获。就是我国八十年代的小学生的观察是锐敏的，判断也很公正。他们对于日夕相处的爸爸妈妈，或家庭中其他成员的优点和缺点，都看得很清楚，描写得也很深刻细腻，比如方晨小同学写的《我的爸爸》，就拿他的爸爸鼓励他看电视上的动物世界节目，并且观察一切动物的习性和生长，跟他的姑妈只抓紧她的女儿要考上重点中学，不让她女儿看电视、去动物园等等做了比较。这里可以看出他不是一个读死书而不注意到四周动态和信息的孩子。

又比如唐敦皓小同学（他是一位乐师和一位名演员的儿子），本来因为来幼儿园接他的爸爸被同学称为爷爷而感到"很不是滋味"，而"恼怒"。后来他知道了他的父母是为了忠于他们的专业，走遍了国内国外，去演唱弹奏，而耽误了婚期，以至于自己是在爸爸五十岁、妈妈四十岁时才出生。他终于为"这样的爸爸，感到骄傲和自豪"。

小学生荀涛对于他的爸爸是敬重的，说他"什么都好、每天早出晚归、工作兢兢业业"，"只是烟抽得太凶了"。他描写一位因专心工作而不能戒烟的人，描写得很细，也很幽默。他最后写"吧嗒……嘘……吧嗒"这三部曲，几时才能在我家消失呢？他对于爸爸的抽烟习惯是无可奈何了！

小学生威威，对于她的继母本来是有戒心的。后来经过了生活中的实践，她觉得她的新妈妈是和她的亲妈妈一样疼爱体贴她。她最后写"九泉之下的妈妈呀，您放心吧，您安息吧，因为我有了一位好妈妈"。

　　小学生张丽华，是一个农村的孩子。因为她妈妈去领劳动报酬时，本应该是两千五百元，而会计因为算错了，多给了她三百元，她回来算来算去，觉得不对，把多算的三百元又送了回去，那个会计惭愧地说："大嫂，我一时马虎……幸亏遇到了你这么一个好心人，国家财产才没有受损失！"张丽华看到周围的人向妈妈投来赞许敬佩的眼光时，她感到有无限的自豪！

　　不必再多介绍了，我想《瞭望》杂志会附载几篇小同学的作文以供海外同胞们的阅读欣赏。总之，从一些小学生所反映的他们父母的形象里，可以看出新中国从十一届三中全会以来，北京城乡出现的可喜变化和家庭生活的新气象，以及小学生们思想和写作的水平，我想海外同胞一定看了会高兴的。

一九八五年一月二十八日急就。

小说篇

斯人独憔悴

一个黄昏，一片极目无际绒绒的青草，映着半天的晚霞，恰如一幅图画。忽然一缕黑烟，津浦路的晚车，从地平线边蜿蜒而来。

头等车上，凭窗立着一个少年。年纪约有十七八岁。学生打扮，眉目很英秀，只是神色非常的沉寂，似乎有重大的忧虑，压在眉端。他注目望着这一片平原，却不像是看玩景色，一会儿微微的叹口气，猛然将手中拿着的一张印刷品，撕得粉碎，扬在窗外，口中微吟道："安邦治国平天下，自有周公孔圣人。"

站在背后的刘贵，轻轻地说道："二少爷，窗口风大，不要尽着站在那里！"他回头一看，便坐了下去，脸上仍显着极其无聊。刘贵递过一张报纸来，他摇一摇头，却仍旧站起来，凭在窗口。

天色渐渐的暗了下来，火车渐渐的走进天津，这二少爷的颜色，也渐渐的沉寂。车到了站，刘贵跟着下了车，走出站外，便有一辆汽车，等着他们。呜呜的响声，又送他们到家了。

家门口停着四五辆汽车，门楣上的电灯，照耀得明如白昼。两个兵丁，倚着枪站在灯下，看见二少爷来了，赶紧立正，他略一点头，一直走了进去。

客厅里边有打牌说笑的声音，五六个仆役，出来进去的伺候着。二少爷从门外经过的时候，他们都笑着请了安，他却皱着眉，摇一摇头，不叫他们声响，悄悄的走进里院去。

他姊姊颖贞，正在自己屋里灯下看书。东厢房里，也有妇女们打牌喧笑的声音。

他走进颖贞屋里，颖贞听见帘子响，回过头来，一看，连忙站起来，说："颖石，你回来了，颖铭呢？"颖石说："铭哥被我们学校的干事部留下了，因为他是个重要的人物。"颖贞皱眉道："你见过父亲没有？"颖石道："没有，父亲打着牌，我没敢惊动。"颖贞似乎要说什么，看着他弟弟的脸，却又咽住。

这时化卿先生从外面进来，叫道："颖贞，他们回来了么？"颖贞连忙应道："石弟回来了，在屋里呢。"一面把颖石推出去。颖石慌忙走出廊外，迎着父亲，请了一个木强不灵的安。化卿看了颖石一眼，问："你哥哥呢？"颖石吞吞吐吐的答应道："铭哥病了，不能回来，在医院里住着呢。"化卿咄的一声道："胡说！你们在南京做了什么代表了，难道我不晓得！"颖石也不敢做声，跟着父亲进来。化卿一面坐下，一面从怀里掏出一封信来，掷给颖石道："你自己看罢！"颖石两手颤动着，拿起信来，原来是他们校长给他父亲的信，说他们两个都在学生会里，做什么代表和干事，恐怕他们是年幼无知，受人胁诱。请他父亲叫他们回来，免得将来惩戒的时候，玉石俱焚，有碍情面，等等的话。颖石看完了，低着头也不言语。化卿冷笑说："还有什么可辩的么？"颖石道："这是校长他自己误会，其实没有什么大不了的事情。就是因为近来青岛的问题，很是紧急，国民却仍然沉睡不醒。我们很觉得悲痛，便出去给他们演讲，并劝人购买国货，盼望他们一齐醒悟过来，鼓起民气，可以做政府的后援。这并不是作奸犯科——"化卿道："你瞒得过我，却瞒不过校长，他同我是老朋友，并且你们去的时候，我还托他照应，他自然得告诉我的。我只恨你们不学好，离了我的眼，便将我所嘱咐的话，忘在九霄云外，和那些血气之徒，连在一起，便想犯上作乱，我真不愿意有这样伟人英雄的儿子！"颖石听着，急得脸都红了，眼泪在眼圈里乱转，过一会子说："父亲不要误会！我们的同学，也不是血气之徒，不过国家危险的时候，我们都是国民一分子，自然都有一分热肠。并且这爱国运动，绝对没有一点暴乱的行为，极其光明正大；中外人士，都很赞美的。至于说我们要做英雄伟人，这也不是一件容易的事！现在学生们，在外面运动的多着呢，他们的才干，胜过我们百倍，就是有伟人英雄的头衔，也轮不到……"这时颖石脸上火热，眼泪也干了，目光奕奕的一直说下去。颖贞看见她兄弟热血喷薄，改了常度，话语渐渐的激烈起来，恐怕要惹父亲的盛怒，十分的担心着急，便对他使个眼色……

　　忽然一声桌子响，茶杯花瓶都摔在地下，跌得粉碎。化卿先生脸都气黄了，站了起来，喝道："好！好！率性和我辩驳起来了！这样小小的年纪，便眼里没有父亲了，这还了得！"颖贞惊呆了。颖石退到屋角，手足都吓得冰冷。厢房里的姨娘们，听见化卿声色俱厉，都搁下牌，站在廊外，悄悄的听着。

化卿道："你们是国民一分子，难道政府里面，都是外国人？若没有学生出来爱国，恐怕中国早就灭亡了！照此说来，亏得我有你们两个爱国的儿子，否则我竟是民国的罪人了！"颖贞看父亲气到这个地步，慢慢的走过来，想解劝一两句。化卿又说道："要论到青岛的事情，日本从德国手里夺过的时候，我们中国还是中立国的地位，论理应该归与他们。况且他们还说和我们共同管理，总算是仁至义尽的了！现在我们政府里一切的用款，哪一项不是和他们借来的？像这样缓急相通的朋友，难道便可以随随便便的得罪了？眼看着这交情便要被你们闹糟了，日本兵来的时候，横竖你们也只是后退，仍是政府去承当。你这会儿也不言语了，你自己想一想，你们做的事合理不合理？是不是以怨报德？是不是不顾大局？"颖石低着头，眼泪又滚了下来。

化卿便一连叠声叫刘贵，刘贵慌忙答应着，垂着手站在帘外。化卿骂道："无用的东西！我叫你去接他们，为何只接回一个来？难道他的话可听，我的话不可听么？"刘贵也不敢答应。化卿又说："明天早车你再走一遭，你告诉大少爷说要是再不回来，就永远不必回家了。"刘贵应了几声"是"，慢慢的退了出去。

四姨娘走了进来，笑着说："二少爷年纪小，老爷也不必和他生气了，外头还有客坐着呢。"一面又问颖石说："少爷穿得这样单薄，不觉得冷么？"化卿便上下打量了颖石一番，冷笑说："率性连白鞋白帽，都穿戴起来，这便是'无父无君'的证据了！"

一个仆人进来说："王老爷要回去了。"化卿方站起走出，姨娘们也慢慢的自去打牌，屋里又只剩姊弟二人。

颖贞叹了一口气，叫："张妈，将地下打扫了，再吩咐厨房开一桌饭来，二少爷还没有吃饭呢。"张妈在外面答应着。颖石摇手说："不用了。"一面说："哥哥真个在医院里，这一两天恐怕还不能回来。"颖贞道："你刚才不是说被干事部留下么？"颖石说："这不过是一半的缘由，上礼拜六他们那一队出去演讲，被军队围住，一定不叫开讲。哥哥上去和他们讲理，说得慷慨激昂。听的人愈聚愈多，都大呼拍手。那排长恼羞成怒，拿着枪头的刺刀，向哥哥的手臂上扎了一下，当下……哥哥……便昏倒了。那时……"颖石说到这里，已经哭得哽咽难言。颖贞也哭了，便说："唉，是真……"颖石哭着应道："可不是真的么？"

明天一清早，刘贵就到里院问道："张姐，你问问大小姐有什么话吩咐没有。我要走了。"张妈进去回了，颖贞隔着玻璃窗说："你告诉大少爷，千万快快的回来，也千万不要穿白帆布鞋子，省得老爷又要动气。"

两天以后，颖铭也回来了，穿着白官纱衫，青纱马褂，脚底下是白袜子，青缎鞋，戴着一顶小帽，更显得面色惨白。进院的时候，姊姊和弟弟，都坐在廊子上，逗小狗儿玩。颖石看见哥哥这样打扮着回来，不禁好笑，又觉得十分伤心，含着眼泪，站起来点一点头。颖铭反微微的惨笑。姐姐也没说什么，只往东厢房努一努嘴。颖铭会意，便伸了一伸舌头，笑了一笑，恭恭敬敬的进去。

化卿正卧在床上吞云吐雾，四姨娘坐在一旁，陪着说话。颖铭进去了，化卿连正眼也不看，仍旧不住的抽烟。颖铭不敢言语，只垂手站在一旁，等到化卿慢慢的坐起来，方才过去请了安。化卿道："你也肯回来了么？我以为你是'国而忘家'的了！"颖铭红了脸道："孩儿实在是病着，不然……"化卿冷笑了几声，方要说话。四姨娘正在那里烧烟，看见化卿颜色又变了，便连忙坐起来，说："得了！前两天就为着什么'青岛''白岛'的事，和二少爷生气，把小姐屋里的东西都摔了，自己还气得头痛两天，今天才好了，又来找事，他两个都已经回来了，就算了，何必又生这多余的气？"一面又回头对颖铭说："大少爷，你先出去歇歇罢，我已经吩咐厨房里，替你预备下饭了。"化卿听了四姨娘一篇的话，便也不再说什么，就从四姨娘手里，接过烟枪来，一面卧下。颖铭看见他父亲的怒气，已经被四姨娘压了下去，便悄悄的退出了来，径到颖贞屋里。

颖贞问道："铭弟，你的伤好了么？"颖铭望了一望窗外，便卷起袖子来，臂上的绷带裹得很厚，也隐隐的现出血迹。颖贞满心的不忍，便道："快放下来罢！省得招了风要肿起来。"颖石问："哥哥，现在还痛不痛？"颖铭一面放下袖子，一面笑道："我要是怕痛，当初也不肯出去了！"颖贞问道："现在你们干事部里的情形怎么样？你的缺有人替了么？"颖铭道："刘贵来了，告诉我父亲和石弟生气的光景，以及父亲和你吩咐我的话，我哪里还敢逗留，赶紧收拾了回来。他们原是再三的不肯，我只得将家里的情形告诉了，他们也只得放我走。至于他们进行的手续，也都和别的学校大同小异的。"颖石道："你还算侥幸，只可怜我当了先锋，冒冒失失的正碰在气头上。那天晚上的光景，真是……从我有生以来，也没有挨过这样的骂！唉，处在这样黑暗的家庭，还有什么可说的，中国空生了我这个人了。"说着便滴下泪来。颖贞道："都是你们校长给送了信，否则也不至于被父亲知道。其实我在学校里，也办了不少的事。不过在父亲面前，总是附和他的意见，父亲便拿我当做好人，因此也不拦阻我去上学。"说到此处，颖铭不禁好笑。

颖铭的行李到了，化卿便亲自出来逐样的翻检，看见书籍堆里有好几束的印刷物，并各种的杂志，化卿略一过目，便都撕了，登时满院里纸花乱飞。颖铭颖石在窗内看见，也不敢出来，只急得悄悄的跺脚，低声对颖贞说："姊姊！你出去救一救罢！"颖贞便出来，对化卿陪笑说："不用父亲费力了，等我来检看罢，天都黑了，你老人家眼花，回头把讲义也撕了，岂不可惜。"一面便弯腰去检点，化卿才慢慢的走开。

他们弟兄二人，仍旧住在当初的小院里，度那百无聊赖的光阴。书房里虽然也磊着满满的书，却都是制艺、策论和古文、唐诗等等。所看的报纸，也只有《公言报》一种，连消遣的材料都没有了。至于学校里朋友的交际和通信，是一律在禁止之列。颖石生性本来是活泼的，加以这些日子，在学校内很是自由，忽然关在家内，便觉得非常的不惯，背地里嘻声叹气。闷来便拿起笔乱写些白话文章，写完又不敢留着，便又自己撕了，撕了又写，天天这样。颖铭是一个沉默的人，也不显出失意的样子，每天临几张字帖，读几遍唐诗，自己在小院子里，浇花种竹，率性连外面的事情，不闻不问起来。有时他们也和几个姨娘一处打牌，但是他们所最以为快乐的事情，便是和姊姊颖贞，三人在一块儿，谈话解闷。

化卿的气，也渐渐的平了，看见他们三人，这些日子，倒是很循规蹈矩的，心中便也喜欢，无形中便把限制的条件，松了一点。

　　有一天，颖铭替父亲去应酬一个饭局，回来便悄悄的对颖贞说："姊姊，今天我在道上，遇见我们学校干事部里的几个同学，都骑着自行车，带着几卷的印刷物，在街上走。我奇怪他们为何都来到天津，想是请愿团中也有他们，当下也不及打个招呼，汽车便走过去了。"颖石听了便说："他们为什么不来这里，告诉我们一点学校里的消息？想是以为我们现在不热心了，便不理我们了，唉，真是委屈！"说着觉得十分激切。颖贞微笑道："这事我却不赞成。"颖石便问道："为什么不赞成？"颖贞道："外交内政的问题，先不必说。看他们请愿的条件，哪一条是办得到的？就是都办得到，政府也决然不肯应许，恐怕启学生干政之渐。这样日久天长的做下去，不过多住几回警察厅，并且两方面都用柔软的办法，回数多了，也都觉得无意思，不但没有结果，也不能下台。我劝你们秋季上学以后，还是做一点切实的事情，颖铭，你看怎样？"颖铭点一点头，也不说什么。颖石本来没有成见，便也赞成兄姊的意思。

　　一个礼拜以后，南京学堂来了一封公函，报告开学的日期。弟兄二人，都喜欢得吃不下饭去，都催着颖贞去和父亲要了学费，便好动身。颖贞去说时，化卿却道："不必去了，现在这风潮还没有平息，将来还要捣乱。我已经把他两个人都补了办事员，先做几年事，定一定性子。求学一节，日后再议罢！"颖贞呆了一呆，便说："他们的学问和阅历，都还不够办事的资格，倘若……"化卿摇头道："不要紧的，哪里便用得着他们去办事？就是办事上有一差二错，有我在还怕什么！"颖贞知道难以进言，坐了一会，便出来了。

　　走到院子里，心中很是游移不决，恐怕他们听见了，一定要难受。

正要转身进来，只见刘贵在院门口，探了一探头，便走近前说："大少爷说，叫我看小姐出来了，便请过那院去。"颖贞只得过来。颖石迎着姊姊，伸手道："钞票呢？"颖贞微微的笑了一笑，一面走进屋里坐下，慢慢的一五一十都告诉了。兄弟二人听完了，都半天说不出话来。过了一会，颖石忍不住哭倒在床上道："难道我们连求学的希望都绝了么？"颖铭眼圈也红了，便站起来，在屋里走了几转，仍旧坐下。颖贞也想不出什么安慰的话来，坐了半天，便默默的出来，心中非常的难过，只得自己在屋里弹琴散闷。等到黄昏，还不见他们出来，便悄悄的走到他们院里，从窗外往里看时，颖石蒙着头，在床上躺着，想是睡着了。颖铭斜倚在一张藤椅上，手里拿着一本唐诗"心不在焉"的只管往下吟哦。到了"出门搔白首，若负平生志，冠盖满京华，斯人独憔悴……"似乎有了感触，便来回的念了几遍。颖贞便不进去，自己又悄悄的回来，走到小院的门口，还听见颖铭低徊欲绝的吟道："……满京华，斯人独憔悴！"

秋雨秋风愁煞人

一

秋风不住的飒飒的吹着，秋雨不住滴沥滴沥的下着，窗外的梧桐和芭蕉叶子一声声的响着，做出十分的秋意。墨绿色的窗帘，垂得低低的。灯光之下，我便坐在窗前书桌旁边，寂寂无声的看着书。桌上瓶子里几枝桂花，似乎太觉得幽寂不堪了，便不时的将清香送将过来。要我抬头看它。又似乎对我微笑说："冰心呵！窗以外虽是'秋雨秋风愁煞人'，窗以内却是温煦如春呵！"

我手里拿着的是一本《绝妙好词笺》，是今天收拾书橱，无意中检了出来的，我同它已经阔别一年多了。今天晚上拿起来阅看，竟如同旧友重逢一般的喜悦。看到一阕《木兰花慢》："故人知健否，又过了一番秋……更何处相逢，残更听雁，落日呼鸥……"到这里一页完了，便翻到那篇去。忽然有一个信封，从书页里，落在桌上。翻过信面一看，上面写着"冰心亲启"四个字。我不觉呆了。莫非是眼花了吗？这却分明是许久不知信息的同学英云的笔迹啊！是什么时候夹在这本书里呢？满腹狐疑地拆开信，从头到尾看了一遍。看完了以后，神经忽然错乱起来。一年前一个悲剧的印象，又涌现到眼前来了。

英云是我在中学时候的一个同班友，年纪不过比我大两岁，要论到她的道德和学问，真是一个绝特的青年。性情更是十分的清高活泼，志向也极其远大。同学们都说英云长得极合美人的态度。以我看来，她的面貌身材，也没有什么特别美丽的地方。不过她天然的自有一种超群旷世的丰神，便显得和众人不同了。

她在同班之中，同我和淑平最合得来。淑平又比英云大一岁，性格非常的幽娴静默。资质上虽然远不及英云，却是极其用功。因此功课上也便和英云不相上下，别的才干却差得远了。

前年冬季大考的时候，淑平因为屡次的半夜里起来温课，受了寒，便咳嗽起来，得了咯血的病。她还是挣扎着日日上课，加以用功过度，脑力大伤，病势便一天一天的沉重。她的家又在保定，没有人朝夕的伺候着，师长和同学都替她担心。便赶紧地将她从宿舍里迁到医院。不到一个礼拜，便死了。

淑平死的那一天的光景，我每回一追想，就如同昨日事情一样的清楚。那天上午还出了一会子的太阳，午后便阴了天，下了几阵大雪。饭后我和英云从饭厅里出来，一面说着话便走到球场上。树枝上和地上都压满了雪，脚底下好像踏着雨后的青苔一般，英云一面走着，一面拾起一条断枝，便去敲那球场边的柳树。枝上的积雪，便纷纷的落下来，随风都吹在我脸上。我连忙回过头去说道："英云！你不要淘气。"她笑了一笑，忽然问道："你今天下午去看淑平吗？"我说："还不定呢，要是她已经好一点，我就不必去了。"这时我们同时站住。英云说：
"昨天雅琴回来，告诉我说淑平的病恐怕不好，连说话都不清楚了。她
站在淑平床前，淑平拉着她的手，只哭着叫娘，你看……"我就呆了一
呆便说："哪里便至于……少年人的根基究竟坚固些，这不过是发烧热
度太高了，信口胡言就是了。"英云摇头道："大夫说她是脑膜炎。盼
她好却未必是容易呢。"我叹了一口气说："如果……我们放了学再告
假出去看看罢。"这时上堂铃已经响了，我们便一齐走上楼去。

二

　　四点钟以后，我和英云便去到校长室告假去看淑平。校长半天不
言语。过了一会，便用很低的声音说："你们不必去了，今天早晨七
点钟，淑平已经去世了。"这句话好像平地一声雷，我和英云都呆了，
面面相觑说不出话来。以后还是英云说道："校长！能否许可我们去送
她一送。"校长迟疑一会，便道："听说已经装殓起来，大夫还说这病
招人，还是不去为好，她们的家长也已经来到。今天晚车就要走了。"
英云说："既然已经装殓起来，况且一会儿便要走了，去看看料想不妨
事，也不枉我们和她同学相好了一场。"说着便滚下泪来，我一阵心酸
也不敢抬头。校长只得允许了，我们退了出来，便去到医院。
　　灵柩便停在病室的廊子上，我看见了，立刻心头冰冷，才信淑平真
是死了。难道这一个长方形的匣子，便能够把这个不可多得的青年，关
在里面，永远出不来了吗！这时反没有眼泪，只呆呆的看着这灵柩。一
会子抬起头来，只见英云却拿着沉寂的目光，望着天空，一语不发。直
等到淑平的家长出来答礼，我们才觉得一阵的难过，不禁流下泪来，送

着灵枢，出了院门。便一同无精打采地回来。

　　我也没有用晚饭，独自拿了几本书，踏着雪回到宿舍。地下白灿灿的，好像月光一般。一面走着，听见琴室里，有人弹着钢琴，音调却十分的凄切。我想："这不是英云吗？"慢慢地走到琴室门口听了一会，便轻轻地推门进去。灯光之下，她回头看我一看，又回过头去。我将书放在琴台上，站了一会，便问道："你弹的是什么谱？"英云仍旧弹着琴，一面答道："这调叫做'风雪英雄'，是一个撒克逊的骑将，雪夜里逃出敌堡，受伤很重，倒在林中雪地上，临死的时候做的。"说完了这话，我们又半天不言语。我便坐在琴椅的那边，一面翻着琴谱，一面叹口气说："有志的青年，不应当死去。中国的有志青年，更不应当死去。你看像淑平这样一个人物，将来还怕不是一个女界的有为者，却又死了，她的学问才干志向都灭没了，一向的预备磨砺，却得了这样的收场，真是叫人灰心。"英云慢慢地住了琴，抬起头来说："你以为肉体死了，是一件悲惨的事情。却不知希望死了，更是悲惨的事情呵！"我点一点头，也不知道她是什么意思。英云又说道："率性死了，一切苦痛，自己都不知道不觉得。只可怜那肉体依旧是活着，希望却如同是关闭在坟墓里，那个才叫做……"这时她又低下头去，眼泪便滴在琴上。我十分的惊讶，因为她这些话，却不是感悼淑平，好像有什么别的感触，便勉强笑劝道："你又来了，好好的又伤起心来，都是我这一席话招的。"英云无精打采地站起来。擦了眼泪说："今夜晚上我也不知为何非常的烦恼焦躁，本来是要来弹琴散心，却不知不觉弹起这个凄惨的调来。"我便盖上琴盖，拿起书籍道："我们走罢，不要大抱悲观了。"我们便一同走出琴室，从雪花隙里，各自回到宿舍。

三

春天又来了，大地上蓬蓬勃勃地满了生意。我们对于淑平的悲感，也被春风扇得渐渐的淡下去了，依旧快快乐乐地过那学校的生活。

春季的大考过去了，只等甲班的毕业会式行过，便要放暑假。

毕业式是那一天下午四点钟的。七点钟又有本堂师生的一个集会。也是话别，也是欢送毕业生。预备有游艺等等，总是终业娱乐的意思。那天晚上五点钟，同学们都在球场上随意的闲谈游玩。英云因为今晚要扮演游艺，她是剧中的一个希腊的女王，便将头发披散了，用纸条卷得鬈曲着。不敢出来，便躲在我的屋里倚在床上看书。我便坐在窗台上，用手摘着藤萝的叶子，和英云谈话。楼下的青草地上玫瑰花下，同学们三三两两的坐着走着，黄金似的斜阳，笼住这一片花红柳绿的世界。中间却安放着一班快乐活泼的青年，这斜阳芳草是可以描画出来的，但是青年人快乐活泼的心胸，是不能描画的呵！

晚上的饯别会，我们都非常的快乐满意。剧内英云的女王，尤其精采。同学们都异口同声地夸奖，说她有"婉若游龙翩若惊鸿"的态度。随后有雅琴说了欢送词，毕业生代表的答词，就闭了会。那时约有九点多钟，出得礼堂门来，只见月光如水，同学们便又在院子里游玩。我和英云一同坐在台阶上，说着闲话。

这时一阵一阵的凉风吹着，衣袂飘举。英云一面用手撩开额上的头发，一面笑着说道："冰心！要晓得明年这时候，便是我们毕业了。"我不禁好笑，便道："毕了业又算得了什么。"英云说："不是说算得什么，不过离着服务社会的日子，一天一天的近了。要试试这健儿好身手了。"我便问道："毕业以后，你还想入大学么？"英云点首道：

"这个自然，现在中学的毕业生，车载斗量，不容易得社会的敬重。而且我年纪还小，阅历还浅，自然应当再往下研究高深的学问，为将来的服务上，岂不更有益处吗！"

我和英云一同站起来，在廊子上来回地走着谈话。廊下的玫瑰花影，照在廊上不住的动摇。我们行走的时候，好像这廊子是活动的，不敢放心踏着，这月也正到了十分圆满的时节，清光激射，好像是特意照着我们。英云今晚十分的喜悦，时时的微笑，也问我道："世界上的人，还有比我们更快乐的吗？"我也笑道："似乎没有。"英云说："最快乐的时代，便是希望的时代。希望愈大，快乐也愈大。"我点一点头，心中却想到："希望愈大，要是遇见挫折的时候，苦痛也是愈大的。"

这时忽然又忆起淑平来，只是不敢说出，恐怕打消了英云的兴趣。唉！现在追想起来，也深以当时不说为然。因为那晚上英云意满志得的菀然微笑，在我目中便是末一次了。

暑假期内，没有得着英云的半封信，我十分的疑惑，又有一点怪她。

秋季上学的头一天，同学都来了，还有许多的新学生，礼堂里都坐满了。我走进礼堂，便四下里找英云，却没有找着。正要问雅琴，忽然英云从外面走了进来，容光非常的消瘦，我便站起来，要过去同她说话。这时有几个同学笑着叫她道："何太太来了。"我吃了一惊。同时看见英云脸红了，眼圈也红了。雅琴连忙对那几个同学使个眼色，她们不知所以，便都止住不说。我慢慢地过去，英云看见我只惨笑着，点一点头，颜色更见凄惶。我也不敢和她说话，回到自己座上，心中十分疑讶。行完了开学礼，我便拉着雅琴，细细的打听英云的事情。雅琴说：
"我和她的家离的不远，所以知道一点。暑假以后，英云回到天津，不
到一个礼拜，就出阁了。听说是聘给她的表兄，名叫士芝的，她的姨夫
是个司令，家里极其阔绰。英云过去那边，上上下下没有一个不夸她好
的。对于英云何以这般的颓丧，我却不知道，只晓得她很不愿意人提到
这件事。"

从此英云便如同变了一个人，不但是不常笑，连话都不多说了。成
天里沉沉静静地坐在自己座上，足迹永远不到球场，读书作事，都是孤
孤零零的。也不愿意和别人在一处，功课也不见得十分好。同学们说：
"英云出阁以后，老成的多了。"又有人说："英云近来更苗条了。"
我想英云哪里是老成，简直是"心死"。哪里是苗条，简直是形销骨
立。我心中常常的替她难过，但是总不敢和她做长时的谈话。也不敢细
问她的境况。恐怕要触动她的悲伤。因此外面便和她生分了许多，并且
她的态度渐渐的趋到消极，我却仍旧是积极，无形中便更加疏远了。

一年的光阴又过去了。这一年中因为英云的态度，大大的改变了，
我也受了不少的损失，在功课一方面少得许多琢磨切磋的益处。并且别
的同学，总不能像英云这样的知心，便又少了许多的乐趣。然而那一年
我便要毕业，心中总是存着快乐和希望，眼光也便放到前途上去，目前
一点的苦痛，也便不以为意了。

四

我们的毕业式却在上午十点钟举行，事毕已经十二点多钟。吃过
了饭，就到雅琴屋里。还有许多的同学，也在那里，我们便都在一处

说笑。三点钟的时候，天色忽然昏黑，一会儿电光四射，雷声便隆隆地震响起来，接着下了几阵大雨。水珠都跳进屋里来，我们便赶紧关了窗户，围坐在一处，谈起古事来。这雨下到五点钟，便渐渐地止住了。开起门来一看，球场旁边的雨水还没有退去，被微风吹着，好像一湖春水。树上的花和叶子，都被雨水洗得青翠爽肌，娇红欲滴。夕阳又出来了，晚霞烘彩，空气更是非常的清新。我们都喜欢道："今天的钱别会，决不至于减了兴趣了。"

开会的时候，同学都到齐了。毕业生里面，却没有英云。主席便要叫人去请，雅琴便站起来，替她向众人道歉，说她有一点不舒服，不能到会。众人也只得罢了。那晚上扮演的游艺，很有些意思。会中的秩序，也安排得很整齐，我们都极其快乐。满堂里都是欢笑的声音，只是我忽然觉得头目眩晕。我想是这堂里，人太多了，空气不好的缘故。便想下去换一换空气，就悄悄的对雅琴说："我有一点头晕，要去疏散一会子，等到毕业生答词的时候，再去叫我罢。"她答应了。我便轻轻的走下楼去。

我站在廊子上，凉风吹着，便觉清醒了许多。这时月光又从云隙里转了出来。因为是雨后天气，月光便好似加倍的清冷。我就想起两句诗："冷月破云来，白衣坐幽女。"不禁毛骨悚然。这时忽然听见廊子下有吁叹的声音，低头一看玫瑰花下草垫上，果然坐着一个白衣幽女。我吃了一惊，扶住栏杆再看时，月光之下，英云抬着头微笑道："不要紧的，是我在这里坐着呢。"我定了神便走下台阶，一面悄悄的笑道："你一个人在这里做什么？雅琴说你病了，现在好了吗？"英云道："我何尝是病着，只为一人向隅满座不乐，不愿意去搅乱大家的兴趣就是了。"我知道她又生了感触，便也不言语，拉过一个垫子来，坐在她旁边。住了一会，英云便叹一口气说："月还是一样的月，风还是一样的风，为何去年今夜的月，便十分的皎洁，去年今夜的风，便吹面不寒，好像助我们的兴趣。今年今夜的月，却十分的黯淡，这风也一阵一阵的寒侵肌骨，好像助我们的凄感呢？"我说："它们本来是无意识的，千万年中，偶然的和我们相遇。虽然有时好像和我们很同情，其实都是我们自己的心理作用，它们却是绝对没有感情的。"英云点首道："我也知道的，我想从今以后，我永远不能再遇见好风月了。"说话的声音，满含着凄惨。——我心中十分的感动。便恳切地对她说道："英云——这一年之中，我总没有和你谈过心，你的事情，虽然我也知道一点，到底为何便使你颓丧到这个地步，我是始终不晓得的，你能否告诉我，或者我能以稍慰你的苦痛。"这时英云竟呜呜咽咽地哭将起来。我不禁又难受又后悔，只得慢慢地劝她。过了一会，她才渐渐的止住了，便说："冰心！你和我疏远的原故，我也深晓得的，更是十分的感激。我的苦痛，是除你以外，也无处告诉了。去年回家以后，才知道我的父母，已经在半年前，将我许给我的表兄士芝。便是淑平死的那一天下的聘，婚期已定在一个礼拜后。我知道以后，所有的希望都绝了。因为我们本来是亲戚，姨母家里的光景，我都晓得的，是完完全全的一个旧家庭。但是我的父母总是觉得很满意，以为姨母家里很从容，我将来的光景，是决没有差错的，并且已经定聘，也没有反复的余地了。"这时英云暂时止住了，一阵风来，将玫瑰花叶上的残滴，都洒在我们身上。我觉得凉意侵人，便向英云说："你觉得凉吗？我们进去好不好？"她摇一摇头，仍旧翻来复（覆）去的弄那一块湿透的手巾，一面便又说："姨母家里上上下下有五六十人，庶出的弟妹，也有十几个，都和士芝一块在家里念一点汉文，学做些诗词歌赋，新知识上是一窍不通。几乎连地图上的东西南北都不知道，别的更不必说了。并且纨袴公子的习气，沾染的十足。我就想到这并不是士芝的过错，以他们的这样家庭教育，自然会陶冶出这般高等游民的人材来。处在今日的世界和社会，是危险不过的，便极意的劝他出去求学。他却说：'难道像我们这样的人家，还用愁到衣食吗？'仍旧洋洋得意的过这养尊处优的日子。我知道他积锢太深，眼光太浅，不是一时便能以劝化过来的。我姨母更是一个顽固的妇女，家政的设施，都是可笑不过的。有一天我替她记帐，月间的出款内，奢侈费，应酬费，和庙寺里的香火捐，几乎占了大半。家庭内所叫做娱乐的，便是宴会打牌听戏。除此之外便不知道世界上还有什么乐境。姨母还叫我学习打牌饮酒，家里宴会的时候，方能做个主人。不但这个，连服饰上都有了限制，总是不愿意我打扮得太素淡，说我也不怕忌讳。必须浓装艳裹，抹粉涂脂，简直是一件玩具。而且连自己屋里的琐屑事情，都不叫我亲自去做，一概是婢媪代劳。'戏罢曾无理曲时，妆成只是熏香坐。'便是替我写照了。有时我烦闷已极，想去和雅琴谈一谈话，但是我每一出门，便是车马呼拥，比美国总统夫人还要声势。这样的服装，这样的侍从，实在叫我羞见故人，也只得终日坐在家里。五月十五我的生日，还宴客唱戏，做的十分热闹。我的父母和姨母想，这样的待遇，总可以叫我称心满意的了。哪知我心里比囚徒还要难受，因为我所要做的事情，都要消极的摒绝，我所不要做的事情，都要积极的进行。像这样被动的生活，还有一毫人生的乐趣吗？"

五

我听到这里，觉得替她痛惜不过。却不得不安慰她，便说："听说你姨母家里的人，都和你很有感情的，你如能想法子慢慢的改良感化，也未必便没有盼望。"英云摇头道："不中用的，他们喜欢我的缘由：第一是说我美丽大方，足以夸耀戚友。第二便是因为我的性情温柔婉顺，没有近来女学生浮嚣的习气。假如我要十分的立异起来，他们喜悦我的心，便完全的推翻了，而且家政也不是由我主持，便满心的想改良，也无从下手。有时我想到'天生我材必有用'和'大丈夫勉为其难者'这两句话，就想或者是上天特意的将我安置在这个黑暗的家庭里，要我去整顿去改造。虽然家政不在我手里，这十几个弟妹的教育，也更是一件要紧的事情。因此我便想法子和他们联络，慢慢的要将新知识，灌输在他们的小脑子里。无奈我姨父很不愿意我们谈到新派的话。弟妹们和我亲近的时候很少，他们对于'科学游戏'的兴味，远不如听戏游玩。我的苦心又都付与东流，而且我自己也卷入这酒食征逐的旋涡，一天到晚，脑筋都是昏乱的。要是这一天没有宴会的事情，我还看一点书，要休息清净我的脑筋，也没有心力去感化他们。日久天长，不知不觉地渐渐衰颓下来。我想这家里一切的现象，都是衰败的兆头，子弟们又一无所能，将来连我个人，都不知是落个什么结果呢。"这时英云说着，又泪如雨下。我说："既然如此，为何又肯叫你再来求学？"英云道："姨母原是十分的不愿意，她说我们家里，又不靠着你教书挣钱。何必这样的用功，不如在家里和我作伴。孝顺我，便更胜于挣钱养活我了。我说：'就是去也不过是一年的功夫，毕业了中学就不再去了，这样学业便也有个收束。并且同学们也阔别了好些日子，去会一会也好。

我侍奉你老人家的日子还长着呢。'以后还是姨夫答应了，才叫我来的。我回到学校，和你们相见，真如同隔世一般，又是喜欢，又是悲感，又是痛惜自己，又是羡慕你们。虽然终日坐在座上，却因心中百般的纠纷，也不能用功。因为我本来没有心肠来求学，不过是要过这一年较快乐清净的日子，可怜今天便是末一天了。冰心呵！我今日所处的地位，真是我做梦也想不到的。"说到这里，英云又幽咽无声。我的神经都错乱了，便站起来拉着她说："英云！你不要……"这时楼上的百叶窗忽然开了一扇，雅琴凭在窗口唤道："冰心！你在哪里？到了你答词的时候了。"我正要答应，英云道："你快上去罢，省得她又下来找你。"我只得撇了英云走上楼去。

我聆了英云这一席话，如同听了秋坟鬼唱一般，心中非常的难过。到了会中，只无精打采地说了几句，完了下得楼来，英云已经走了。我也不去找她，便自己回到宿舍，默默的坐着。

第二天早晨七点钟，英云便叩门进来，面色非常的黯淡。手里拿着几本书，说："这是你的《绝妙好词笺》，我已经看完了，谢谢你！"说着便将书放在桌子上，我看她已经打扮好了，便说："你现在就要走吗？"英云说："是的。冰心！我们再见罢。"说完了，眼圈一红，便转身出去。我也不敢送她，只站在门口，直等到她的背影转过大楼，才怅怅的进来。咳！数年来最知心的同学，从那一天起，不但隔了音容，也绝了音信。如今又过了一年多了，我自己的功课很忙，似乎也渐渐的把英云淡忘了，但是我还总不敢多忆起她的事情。因为一想起来，便要伤感。想不到今天晚上，又发现了这封信。

这时我慢慢地拾起掉在地上的信，又念了一遍。以下便是她信内的话。

　　敬爱的冰心呵！我心中满了悲痛，也不能多说什么话。淑平是死了，我也可以算是死了。只有你还是生龙活虎一般的活动着！我和淑平的责任和希望，都并在你一人的身上了。你要努力，你要奋斗，你要晓得你的机会地位，是不可多得的，你要记得我们的目的是"牺牲自己服务社会"。

　　　　　　　　　　　　　　二十七夜三点钟　英云

淑平呵！英云呵！要以你们的精神，常常的鼓励我。要使我不负死友，不负生友，也不负我自己。

　　秋风仍旧飒飒的吹着，秋雨也依旧滴沥滴沥的下着，瓶子里的桂花却低着头，好像惶惶不堪的对我说："请你饶恕我，都是我说了一句过乐的话。如今窗以内也是'秋雨秋风愁煞人'的了。"

去　国

英士独自一人凭在船头栏杆上，正在神思飞越的时候。一轮明月，照着太平洋浩浩无边的水。一片晶莹朗澈，船不住的往前走着，船头的浪花，溅卷如雪。舱面上还有许多的旅客，三三两两的坐立谈话，或是唱歌。

他心中都被快乐和希望充满了，回想八年以前，十七岁的时候，父亲朱衡从美国来了一封信，叫他跟着自己的一位朋友，来美国预备学习土木工程，他喜欢得什么似的。他年纪虽小，志气极大，当下也没有一点的犹豫留恋，便辞了母亲和八岁的小妹妹，乘风破浪的去到新大陆。

那时还是宣统三年九月，他正走到太平洋的中央，便听得国内已经起了革命。朱衡本是革命党中的重要分子，得了党中的命令，便立刻回到中国。英士绕了半个地球，也没有拜见他的父亲，只由他父亲的朋友，替他安顿清楚，他便独自在美国留学了七年。

年限满了，课程也完毕了，他的才干和思想，本来是很超绝的，他自己又肯用功，因此毕业的成绩，是全班的第一，师友们都是十分夸羡，他自己也喜欢的了不得。毕业后不及两个礼拜，便赶紧收拾了，回到祖国。

这时他在船上回头看了一看，便坐下，背靠在栏杆上，口里微微的唱着国歌。心想："中国已经改成民国了，虽然共和的程度还是幼稚，但是从报纸上看见说袁世凯想做皇帝，失败了一次，宣统复辟，又失败了一次，可见民气是很有希望的。以我这样的少年，回到少年时代大有作为的中国，正合了'英雄造时势，时势造英雄'那两句话。我何幸是一个少年，又何幸生在少年的中国，亲爱的父母姊妹！亲爱的祖国！我英士离着你们一天一天的近了。"

想到这里，不禁微笑着站了起来，在舱面上走来走去，脑中生了无数的幻像，头一件事就想到慈爱的父母，虽然那温煦的慈颜，时时涌现目前，但是现在也许增了老态。他们看见了八年远游的爱子，不知要怎样的得意喜欢！"娇小的妹妹，当我离家的时候，她送我上船，含泪拉着我的手说了'再见'，就伏在母亲怀里哭了，我本来是一点没有留恋的，那时也不禁落了几点的热泪。船开了以后，还看见她和母亲，站在码头上，扬着手巾，过了几分钟，她的影儿，才模模糊糊的看不见了。这件事是我常常想起的，今年她已经——十五——十六了，想是已经长成一个聪明美丽的女郎，我现在回去了，不知她还认得我不呢？——还有几个意气相投的同学小友，现在也不知道他们都建树了什么事业？"

他脑中的幻像，顷刻万变，直到明月走到天中，舱面上玩月的旅客，都散尽了。他也觉得海风锐厉，不可少留，才慢慢的下来，回到自己的房里，去做那"祖国庄严"的梦。

两个礼拜以后，英士提着两个皮包，一步一步的向着家门走着，淡烟暮霭里，看见他家墙内几株柳树后的白石楼屋，从绿色的窗帘里，隐隐的透出灯光，好像有人影在窗前摇漾。他不禁乐极，又有一点心怯！走近门口，按一按门铃，有一个不相识的仆人，走出来开了门，上下打量了英士一番，要问又不敢问。英士不禁失笑，这时有一个老妈子从里面走了出来，看见英士，便走近前来，喜得眉开眼笑道："这不是大少爷么？"英士认出她是妹妹芳士的奶娘，也喜欢的了不得，便道："原来是吴妈，老爷太太都在家么？"一面便将皮包递与仆人，一同走了进去，吴妈道："老爷太太都在楼上呢，盼得眼都花了。"英士笑了一笑，便问道："芳姑娘呢？"吴妈道："芳姑娘还在学堂里，听说他们今天赛网球，所以回来得晚些。"一面说着便上了楼，朱衡和他的夫人，都站在梯口，英士上前鞠了躬，彼此都喜欢得不知说什么好。进到屋里，一同坐下，吴妈打上洗脸水，便在一旁看着，夫人道："英士！你是几时动身的，怎么也不告诉一声儿，芳士还想写信去问。"英士一面洗脸，一面笑道："我完了事，立刻就回来，用不着写信。就是写信，我也是和信同时到的。"朱衡问道："我那几位朋友都好么？"英士说："都好，吴先生和李先生还送我上了船，他叫我替他们问你二位老人家好。他们还说请父亲过年到美国去游历，他们都很想望父亲的风采。"朱衡笑了一笑。

这时吴妈笑着对夫人说："太太！看英哥去了这几年，比老爷还高了，真是长的快。"夫人也笑着望着英士。英士笑道："我和美国的同学比起来，还不算是很高的！"

仆人上来问道："晚饭的时候到了，等不等芳姑？"吴妈说："不必等了，少爷还没有吃饭呢！"说着他们便一齐下楼去，吃过了饭，就在对面客室里，谈些别后数年来的事情。

英士便问父亲道："现在国内的事情怎么样呢？"朱衡笑了一笑，道："你看报纸就知道了。"英士又道："关于铁路的事业，是不是积极进行呢？"朱衡说："没有款项，拿什么去进行！现在国库空虚如洗，动不动就是借款。南北两方，言战的时候，金钱都用在硝烟弹雨里，言和的时候，又全用在应酬疏通里，花钱如同流水一般，哪里还有工夫去论路政？"英士呆了一呆，说："别的事业呢？"朱衡道："自然也都如此了！"夫人笑对英士说："你何必如此着急？有了才学，不怕无事可做，政府里虽然现在是穷得很，总不至于长久如此的，况且现在工商界上，也有许多可做的事业，不是一定只看着政府……"英士口里答应着，心中却有点失望，便又谈到别的事情上去。

这时听得外面的院子里，有说笑的声音。夫人望了一望窗外，便道："芳士回来了！"英士便站起来，要走出去，芳士已经到了客室的门口，刚掀开帘子，猛然看见英士，觉得眼生，又要缩回去，夫人笑着唤道："芳士！你哥哥回来了。"芳士才笑着进来，和英士点一点头，似乎有一点不好意思，便走近母亲身旁。英士看见他妹妹手里拿着一个球拍，脚下穿着白帆布的橡皮底球鞋，身上是白衣青裙，打扮的非常素淡，精神却非常活泼，并且儿时的面庞，还可以依稀认出，便笑着问道："妹妹！你们今天赛球么？"芳士道："是的。"回头又对夫人说："妈妈！今天还是我们这边胜了，他们说明天还要决最后的胜负呢！"朱衡笑道："是了！成天里只玩球，你哥哥回来，你又有了球伴了。"芳士说："哥哥也会打球么？"英士说："我打的不好。"芳士道："不要紧的，天还没有大黑，我们等一会儿再打球去。"说着，他兄妹二人，果然同向球场去了。屋里只剩了朱衡和夫人。

夫人笑道："英士刚从外国回来，兴兴头头的，你何必尽说那些败兴的话，我看他似乎有一点失望。"朱衡道："这些都是实话，他以后都要知道的，何必瞒他呢？"夫人道："我看你近来的言论和思想，都非常的悲观，和从前大不相同，这是什么原故呢？"

这时朱衡忽然站起来，在屋里走了几转，叹了一口气，对夫人说："自从我十八岁父亲死了以后，我便入了当时所叫做'同盟会'的。成天里废寝忘食，奔走国事，我父亲遗下的数十万家财，被我花去大半。乡里戚党，都把我看作败子狂徒，又加以我也在通缉之列，都不敢理我了，其实我也更不理他们。二十年之中，足迹遍天涯，也结识了不少的人，无论是中外的革命志士，我们都是一见如故，'剑外惟余肝胆在，镜中应诧头颅好'，便是我当日的写照了。……"

夫人忽然笑道："我还记得从前有一个我父亲的朋友，对我父亲说，'朱衡这个孩子，闹的太不像样了，现在到处都挂着他的像片，缉捕得很紧，拿着了就地正法，你的千金终于是要吃苦的。'便劝我父亲解除了这婚约，以后也不知为何便没有实现。"

朱衡笑道："我当日满心是'匈奴未灭何以家为'的热气，到是很愿意解约的。不过你父亲还看得起我，不肯照办就是了。"

朱衡又坐下，端起茶杯来，喝了一口茶，点上雪茄，又说道："当时真是可以当得'热狂'两个字，整年整月的，只在刀俎网罗里转来转去，有好几回都是已濒于危。就如那次广州起事，我还是得了朋友的密电，从日本赶回来的，又从上海带了一箱的炸弹，雍容谈笑的进了广州城。同志都会了面，起事那一天的早晨，我们都聚在一起，预备出发，我结束好了，端起酒杯来，心中一阵一阵的如同潮卷，也不是悲惨，也不是快乐。大家似笑非笑的都照了杯，握了握手，慷慨激昂的便一队一队的出发了。"

朱衡说到这里，声音很颤动，脸上渐渐的红起来，目光流动，少年时候的热血，又在他心中怒沸了。

他接着又说："那天的光景，也记不清了，当时目中耳中，只觉得枪声刀影，血肉横飞。到了晚上，一百多人雨打落花似的，死的死，走的走，拿的拿，都散尽了。我一身的腥血，一口气跑到一个僻静的地方，将带去的衣服换上了，在荒草地里，睡了一觉。第二天一清早，又进城去，还遇见几个同志，都改了装，彼此只惨笑着打个照会。以后在我离开广州以先，我去到黄花岗上，和我的几十位同志，洒泪而别。咳！'战场白骨艳于花'，他们为国而死，是有光荣的，只可怜大事未成，吾党少年，又弱几个了。——还有那一次奉天汉阳的事情，都是你所知道的。当时那样蹈汤火，冒白刃，今日海角，明日天涯，不过都当他是做了几场恶（霭）梦。现在追想起来，真是叫人啼笑不得，这才是'始而拍案，继而抚髀，终而揽镜'了。"说到这里，不知不觉，便流下两行热泪来。

夫人笑说："那又何苦。横竖共和已经造成了，功成身隐，全始全终的，又有什么缺憾呢？"

朱衡猛然站起来说："要不是造成这样的共和，我还不至于这样的悲愤。只可惜我们洒了许多热血，抛了许多头颅，只换得一个匾额，当年的辛苦，都成了虚空。数千百的同志，都做了冤鬼。咳！那一年袁皇帝的刺客来见我的时候，我后悔不曾出去迎接他……"夫人道："你说话的终结，就是这一句，真是没有意思！"

朱衡道："我本来不说，都是你提起英士的事情来，我才说的。英士年纪轻，阅历浅，又是新从外国回来，不知道这一切的景况，我想他那雄心壮志，终久要受打击的。"

夫人道："虽然如此，你也应该替他打算。"

朱衡道："这个自然，现在北京政界里头的人，还有几个和我有交情可以说话的，但是只怕支俸不做事，不合英士的心……"

这时英士和芳士一面说笑着走了进来，他们父子母女又在一起，说着闲话，直到夜深。

第二天早晨，英士起的很早。看了一会子的报，心中觉得不很痛快；芳士又上学去了，家里甚是寂静。英士便出去拜访朋友，他的几个朋友都星散了，只见着两个：一位是县里小学校的教员，一位是做报馆里的访事，他们见了英士，都不像从前那样的豪爽，只客客气气的谈话，又恭维了英士一番。英士觉着听不入耳，便问到他们所做的事业，他们只叹气说："哪里是什么事业，不过都是'饭碗主义'罢了，有什么建设可言呢？"随后又谈到国事，他们更是十分的感慨，便一五一十的将历年来国中情形都告诉。英士听了，背上如同浇了一盆冷水，便也无话可说，坐了一会，就告辞回来。

回到家里，朱衡正坐在写字台边写着信。夫人坐在一边看书，英士便和母亲谈话。一会子朱衡写完了信，递给英士说："你说要到北京去，把我这封信带去，或者就可以得个位置。"夫人便跟着说道："你刚回来，也须休息休息，过两天再去罢。"英士答应了，便回到自己卧室，将那信放在皮包里，凭在窗前，看着楼下园子里的景物，一面将回国后所得的印象，翻来覆去的思想，心中觉得十分的抑郁。想到今年春天在美国的时候，有一个机器厂的主人，请他在厂里作事，薪水很是丰厚，他心中觉得游移不决；因为他自己新发明了一件机器，已经画出图样来，还没有从事制造，若是在厂里作事，正是一个制造的好机会。但是那时他还没有毕业，又想毕业以后赶紧回国，不愿将历年所学的替别国效力，因此便极力的推辞。那厂主还留恋不舍的说："你回国以后，如不能有什么好机会，还请到我们这里来。"英士姑且答应着，以后也就置之度外了。这时他想："如果国内真个没有什么可做的，何不仍去美国，一面把那机器制成了，岂不是完了一个心愿。"忽然又转念说："怪不得人说留学生一回了国，便无志了。我回来才有几时，社会里的一切状况，还没有细细的观察，便又起了这去国的念头。总是我自己没有一点毅力，所以不能忍耐，我如再到美国，也叫别人笑话我，不如明日就到北京，看看光景再说罢。"

这时芳士放学回来，正走到院子里，抬头看见哥哥独自站在窗口出神，便笑道："哥哥今天没有出门么？"英士猛然听见了，也便笑道："我早晨出门已经回来了，你今日为何回来的早？"芳士说："今天是礼拜六，我们照例是放半天学。哥哥如没有事，请下来替我讲一段英文。"英士便走下楼去。

第二天的晚车，英士便上北京了，火车风驰电掣的走着，他还嫌慢，恨不得一时就到！无聊时只凭在窗口，观看景物。只觉过了长江以北，气候渐渐的冷起来，大风扬尘，惊沙扑面，草木也渐渐的黄起来，人民的口音也渐渐的改变了。还有两件事，使英士心中可笑又可怜的，就是北方的乡民，脑后大半都垂着发辫。每到火车停的时候，更有那无数的叫化子，向人哀哀求乞，直到开车之后，才渐渐的听不见他们的悲声。

英士到了北京，便带着他父亲的信去见某总长，去了两次，都没有见着。去的太早了，他还没有起床，太晚了又碰着他出门了，到了第三回，才出来接见，英士将那一封信呈上，他看完了先问："尊大人现在都好么？我们是好久没有见面了。"接着便道："现在部里人浮于事，我手里的名条还有几百，实在是难以安插。外人不知道这些苦处，还说我不照顾戚友，真是太难了。但我与尊大人的交情，不比别人，你既是远道而来，自然应该极力设法，请稍等两天，一定有个回信。"

英士正要同他说自己要想做点实事，不愿意得虚职的话，他接着说："我现在还要上国务院，少陪了。"便站了起来，英士也只得起身告辞。一个礼拜以后，还没有回信，英士十分着急，又不便去催。又过了五天。便接到一张委任状，将他补了技正。英士想技正这个名目，必是有事可做的，自己甚是喜欢，第二天上午，就去部里到差。

这时钟正八点。英士走进部里，偌大的衙门，还静悄悄的没有一个办公的人员，他真是纳闷，也只得在技正室里坐着，一会儿又站起来，在屋里走来走去。过了十点钟，才陆陆续续的又来了几个技正，其中还有两位是英士在美国时候的同学，彼此见面都很喜欢。未曾相识的，也介绍着都见过，便坐下谈起话来。英士看表已经十点半，便道："我不耽搁你们的时候了，你们快办公事罢！"他们都笑了道："这便是公事了。"英士很觉得怪讶，问起来才晓得技正原来是个闲员，无事可做，技正室便是他们的谈话室，乐意的时候来画了到，便在一处闲谈，消磨光阴；否则有时不来也不要紧的。英士道："难道国家自出薪俸，供养我们这般留学生？"他们叹气说："哪里是我们愿意这样。无奈衙门里实在无事可做，有这个位置还算是好的，别的同学也有做差遣员的，职位又低，薪水更薄，那没有人情的，便都在裁撤之内了。"英士道："也是你们愿意株守，为何不出去自己做些事业？"他们惨笑说："不用提了，起先我们几个人，原是想办一个工厂，不但可以振兴实业，也可以救济贫民。但是办工厂先要有资本，我们都是妙手空空，所以虽然章程已经订出，一切的设备，也都安排妥当，只是这股本却是集不起来，过了些日子，便也作为罢论了。"这一场的谈话，把英士满心的高兴完全打消了，时候到了，只得无精打采的出来。

英士的同学同事们，都住在一个公寓里，英士便也搬进公寓里面去。成天里早晨去到技正室，谈了一天的话，晚上回来，同学便都出去游玩，直到夜里一两点钟，他们才陆陆续续的回来。有时他们便在公寓里打牌闹酒，都成了习惯，支了薪水，都消耗在饮博闲玩里。英士回国的日子尚浅，还不曾沾染这种恶习，只自己在屋里灯下独坐看书阅报，却也觉得凄寂不堪。有时睡梦中醒来，只听得他们猜拳行令，喝雉呼卢，不禁悲从中来。然而英士总不能规劝他们，因为每一提及，他们更说出好些牢骚的话。以后英士便也有时出去疏散，晚凉的时候，到中央公园茶桌上闲坐，或是在树底下看书，礼拜日便带了照相匣独自骑着驴子出城，去看玩各处的名胜，照了不少的风景片，寄与芳士。有时也在技正室里，翻译些外国杂志上的文章，向报馆投稿去，此外就无事可干了。

有一天，一个同学悄悄的对英士说："你知道我们的总长要更换了么？"英士说："我不知道，但是更换总长，与我们有什么相干？"同学笑道："你为何这样不明白世故，衙门里头，每换一个新总长，就有一番的更动。我们的位置，恐怕不牢，你自己快设法运动罢。"英士微微的笑了一笑，也不说什么。

那夜正是正月十五，公寓里的人，都出去看热闹，只剩下英士一人，守着寂寞的良宵，心绪如潮。他想："回国半年以后，差不多的事情，我都已经明白了，但是我还留连不舍的不忍离去，因为我八年的盼望，总不甘心落个这样的结果，还是盼着万一有事可为。半年之中，百般忍耐，不肯随波逐流，卷入这恶社会的旋涡里去。不想如今却要把真才实学，撇在一边，拿着昂藏七尺之躯，去学那奴颜婢膝的行为，壮志雄心，消磨殆尽。咳！我何不幸是一个中国的少年，又何不幸生在今日的中国……"他想到这里，神经几乎错乱起来，便回头走到炉边，拉过一张椅子坐下，凝神望着炉火。看着他从炽红渐渐的昏暗下去，又渐渐的成了死灰。这时英士心头冰冷，只扶着头坐着，看着炉火，动也不动。

忽然听见外面敲门，英士站起来，开了门，接进一封信来。灯下拆开一看，原来是芳士的信，说她今年春季卒业，父亲想送她到美国去留学，又说了许多高兴的话。信内还夹着一封美国工厂的来信，仍是请他去到美国，并说如蒙允诺，请他立刻首途等等，他看完了，呆立了半天，忽然咬着牙说："去罢！不如先去到美国，把那件机器做成了，也正好和芳士同行。只是……可怜呵！我的初志，决不是如此的，祖国呵！不是我英士弃绝了你，乃是你弃绝了我英士啊！"这时英士虽是已经下了这去国的决心，那眼泪却如同断线的珍珠一般滚了下来。耳边还隐隐的听见街上的笙歌阵阵，满天的爆竹声声，点缀这太平新岁。

第二天英士便将辞职的呈文递上了，部长因为自己也快要去职，便不十分挽留，当天的晚车，英士辞了同伴，就出京去了。

到家的时候，树梢雪压，窗户里仍旧透出灯光，还听得琴韵铮铮。英士心中的苦乐，却和前一次回家大不相同了。走上楼去，朱衡和夫人正在炉边坐着，寂寂无声的下着棋，芳士却在窗前弹琴。看见英士走了上来，都很奇怪。英士也没说什么，见过了父母，便对芳士说："妹妹！我特意回来，要送你到美国去。"芳士喜道："哥哥！是真的么？"英士点一点头。夫人道："你为何又想去到美国？"英士说："一切的事情，我都明白了，在国内株守，太没有意思了。"朱衡看着夫人微微的笑了一笑。英士又说："前天我将辞职呈文递上了，当天就出京的，因为我想与其在国内消磨了这少年的光阴，沾染这恶社会的习气，久而久之，恐怕就不可救药。不如先去到外国，做一点实事，并且可以照应妹妹，等到她毕业了，我们再一同回来，岂不是一举两得？"朱衡点一点首说："你送妹妹去也好，省得我自己又走一遭。"芳士十分的喜欢道："我正愁父亲虽然送我去，却不能长在那里，没有亲人照看着，我难免要想家的，这样是最好不过的了！"

太平洋浩浩无边的水，和天上明明的月，还是和去年一样。英士凭在栏杆上，心中起了无限的感慨。芳士正在那边和同船的女伴谈笑，回头看见英士凝神望远，似乎起了什么感触，便走过来笑着唤道："哥哥！你今晚为何这样的怅怅不乐？"英士慢慢的回过头来，微微笑说："我倒没有什么不乐，不过今年又过太平洋，却是我万想不到的。"芳士笑道："我自少就盼着什么时候，我能像哥哥那样'扁舟横渡太平洋'，那时我才得意喜欢呢，今天果然遇见这光景了。我想等我学成归国的时候，一定有可以贡献的，也不枉我自己切望了一场。"这时英士却拿着悲凉恳切的目光，看着芳士说："妹妹！我盼望等你回去时候的那个中国，不是我现在所遇见的这个中国，那就好了！"

最后的安息

　　惠姑在城里整整住了十二年，便是自从她有生以来，没有领略过野外的景色。这一年夏天，她父亲的别墅刚刚盖好，他们便搬到城外来消夏。惠姑喜欢得什么似的，有时她独自一人坐在门口的大树底下，静静的听着农夫唱着秧歌；野花上的蝴蝶，栩栩的飞过她的头上。万绿丛中的土屋，栉比鳞次的排列着。远远地又看见驴背上坐着绿衣红裳的妇女，在小路上慢慢的走。她觉得这些光景，十分的新鲜有趣，好像是另换了一个世界。

　　这一天的下午，她午梦初回，自己走下楼来，院子里静悄悄的，没有一点的声息。在廊子上徘徊了片响，忽然想起她的自行车来，好些日子没有骑坐了，今天闲着没事，她想拿出来玩一玩，便进去将自行车扶到门外，骑了上去，顺着那条小路慢慢的走着，转过了坡，只见有一道小溪，夹岸都是桃柳树，风景极其幽雅，一面赏玩，不知不觉的走了好远。不想溪水尽处，地势欹斜了许多，她的车便滑了下去，不住的飞走。惠姑害了怕，急忙想挽转回来，已来不及了，只觉得两旁树木，飞也似的往两边退去，眼看着便要落在水里，吓得惠姑只管喊叫。忽然觉得好像有人在后面拉着，那车便望旁倒了，惠姑也跌在地下。起来看时，却是一个乡下女子，在后面攀着轮子。惠姑定了神，拂去身上的尘土，回头向她道谢，只见她也只有十三四岁光景，脸色很黑，衣服也极其褴褛，但是另有一种朴厚可爱的态度。她笑嘻嘻的说："姑娘！刚才差一点没有滑下去，掉在水里，可不是玩的！"惠姑也笑说："可不是么，只为我路径不熟，幸亏你在后面拉着，要不然，就滚下去了。"她看了惠姑一会儿说："姑娘想是在山后那座洋楼上住着罢？"惠姑笑说："你怎么知道？"她道："前些日子听见人说山后洋楼的主人搬来了。我看姑娘不是我们乡下的打扮，所以我想……"惠姑点头笑道："是了，你叫什么名字？家里还有谁？"她说："我名叫翠儿，家里有我妈，还有两个弟弟三个妹妹。我自从四岁上我多妈死去以后，就上这边来的。"惠姑说："你这个妈，是你的大妈还是婶娘？"翠儿摇头道："都不是。"惠姑迟疑了一会忽然想她一定是一个童养媳了，便道："你妈待你好不好？"翠儿不言语，眼圈红了，抬头看了一看日影说："天不早了，我要走了，要是回去的晚，我妈又要……"说着便用力提着水桶要走，惠姑看那水桶很高，内里盛着满满的水，便说："你一个人哪里搬得动，等我来帮助你抬罢。"翠儿说："不用了，姑娘更搬不动，回头把衣服弄湿了，等我自己来罢。"一面又挣扎着提起水桶，一步一步的挪着，径自去了。

　　惠姑凝立在溪岸上，看着她的背影，心里想："看她那种委屈的样子，不知她妈是怎样的苦待她呢，可怜她也只比我略大两岁，难为她成天里作这些苦工。上天生人也有轻重厚薄啊！"这时只听得何妈在后面叫道："姑娘原来在这里，叫我好找！"惠姑回头笑了，便扶着自行车，慢慢的转回去。何妈接过自行车，便说："姑娘几时出来的，也不叫我跟着，刚才太太下楼，找不见姑娘，急得什么似的，以后千万不要独自出来，要是……"惠姑笑着说："得了，我偶然出来一次，就招出你两车的话来。"何妈也笑了，一边拉着惠姑的手，一同走回家去。道上惠姑就告诉何妈说她自己遇见翠儿的事情，只把自行车几乎失险的事瞒过了。何妈叹口气说："我也听见那村里的大嫂们说了，她婆婆真是利害，待她极其不好。因为她过来不到两个月，公公就病死了，她婆婆成天里咒骂她，说她命硬，把公公克死了，就百般的凌虐她，挨冻挨饿，是免不了的事情。听说那孩子倒是温柔和气，很得人心的。"这时已经到家。她父亲母亲都倚在楼头栏杆上，看见惠姑回来了，虽是喜欢，也不免说了几句，惠姑只陪笑答应着，心里却不住的想到翠儿所处的景况，替她可怜。

第二天早晨，惠姑又到溪边去找翠儿，却没有遇见，自己站了一会儿。又想这个时候或者翠儿不得出来，要多等一等，又恐怕母亲惦着，只得闷闷的回来。

下午的时候，惠姑就下楼告诉何妈说："我出去一会儿，太太要找我的话，你说我在山前玩耍就是了。"何妈答应了，她便慢慢的走到山前，远远的就看见翠儿低着头在溪边洗衣服，惠姑过去唤声："翠儿！"她抬起头来，惠姑看见她眼睛红肿，脸上也有一缕一缕的抓痕，不禁吃了一惊，走近前来问道："翠儿！你怎么了？"翠儿勉强说："没有怎么！"说话却带着哽咽的声音，一面仍用力洗她的衣服。惠姑也便不问，拣一块干净的石头坐下，凝神望着她，过了一会说："翠儿！还有那些衣服，等我替你洗了罢，你歇一歇好不好？"这满含着慈怜温蔼的言语，忽然使翠儿心中受了大大的感动——

可怜翠儿生在世上十四年了，从来没有人用着怜悯的心肠，温柔的言语，来对待她。她脑中所充满的只有悲苦恐怖，躯壳上所感受的，也只有鞭笞冻饿。她也不明白世界上还有什么叫做爱，什么叫做快乐，只昏昏沉沉的度那凄苦黑暗的日子。要是偶然有人同她说了一句稍为和善的话，她都觉得很特别，却也不觉得喜欢，似乎不信世界上真有这样的好人。所以昨天惠姑虽然很恳挚的慰问她的疾苦，她也只拿这疑信参半的态度，自己走开了。

今天早晨，她一清早起来，忙着生火做饭。她的两个弟弟也不知道为什么拌起嘴来，在院子里对吵，她恐将她妈闹醒了，又是她的不是，连忙出来解劝。他们便都拿翠儿来出气，抓了她一脸的血痕，一边骂道："你也配出来劝我们，趁早躲在厨房里罢，仔细我妈起来了，又得挨一顿打！"翠儿看更不得开交，连忙又走进厨房去，他们还追了进来。翠儿一面躲，一面哭着说："得了，你们不要闹，锅要干了！"他们掀开锅盖一看，喊道："妈妈！你看翠儿做饭，连锅都熬干了，她还躲在一边哭呢！"她妈便从那边屋里出来，蓬着头，掩着衣服，跑进厨房端起半锅的开水，望翠儿的脸上泼去，又骂道："你整天里哭什么，多会儿把我也哭死了，你就趁愿了！"这时翠儿脸上手上，都烫得起了大泡，刚哭着要说话，她弟弟们又用力推出她去。她妈气忿忿的自己做了饭，同自己儿女们吃了。翠儿只躲在院子里推磨，也不敢进去。午后她妈睡了，她才悄悄的把屋里的污秽衣服，检了出来，坐在溪边去洗。

手腕上的烫伤，一着了水，一阵一阵的麻木疼痛，她一面洗着衣服，只
有哭泣。

惠姑来了，又叫了她一声，那时她还以为惠姑不过是来闲玩，又
恐怕惠姑要拿她取笑，只淡淡的应了一声。不想惠姑却在一旁坐着不
走，只拿着怜悯的目光看着她，又对她说要帮助她的话。她抬头看了片
晌，忽然觉得如同有一线灵光，冲开了她心中的黑暗，这时她脑孔里充
满了新意，只觉得感激和痛苦都怒潮似的，奔涌在一处，便哽咽着拿前
襟掩着脸，渐渐的大哭起来，手里的湿衣服，也落在水里。惠姑走近她
面前，拾起了湿衣，挨着她站着，一面将她焦黄蓬松的头发，向后掠了
一掠，轻轻的摩抚着她，这时惠姑的眼里，也满了泪珠，只低头看着翠
儿。一片慈祥的光气，笼盖在翠儿身上。她们两个的影儿，倒映在溪水
里，虽然外面是贫、富、智、愚，差得天悬地隔，却从她们的天真里发
出来的同情，和感恩的心，将她们的精神，连合在一处，造成了一个和
爱神妙的世界。

从此以后，惠姑的活泼憨嬉的脑子里，却添了一种悲天悯人的思
想。她觉得翠儿是一个最可爱最可怜的人。同时她又联想到世界上无
数的苦人，便拿翠儿当作苦人的代表，去抚恤，安慰。她常常和翠儿谈
到一切城里的事情，每天出去的时候，必是带些饼干糖果，或是自己玩
过的东西，送给翠儿。但是翠儿总不敢带回家去，恐怕弟妹们要夺了
去，也恐怕她妈知道惠姑这样好待她，以后不许她出来。因此玩完了，
便由惠姑收起，明天再带出来，那糖饼当时也就吃了。她们每天有一点
钟的工夫，在一块儿玩，现在翠儿也不拦阻惠姑来帮助她，有时她们一

同洗着衣服，汲着水，一面谈话。惠姑觉得她在学堂里，和同学游玩的时候，也不能如此的亲切有味。翠儿的心中更渐渐的从黑暗趋到光明，她觉得世上不是只有悲苦恐怖，和鞭笞冻饿，虽然她妈依旧的打骂磨折她，她心中的苦乐，和从前却大不相同了。

　　快乐的夏天，将要过尽了，那天午后，惠姑站在楼窗前，看着窗外的大雨。对面山峰上，云气蒙蒙，草色越发的青绿了，楼前的树叶，被雨点打得不住的颤动。她忽然想起暑假要满了，学校又要开课了，又能会着先生和同学们了，心里很觉得喜欢。正在凝神的时候，她母亲从后面唤道："惠姑！你今天觉得闷了，是不是？"惠姑笑着回头走到她母亲跟前坐下，将头靠在母亲的膝上，何妈在　旁笑道："姑娘今天不能出去和翠儿玩，所以又闷闷的。"惠姑猛然想起来，如若回去，也须告诉翠儿一声。这时母亲笑道："到底翠儿是一个怎么可爱的孩子，你便和她这样的好！我看你两天以后，还肯不肯回去。"何妈说："太太不知道还有可笑的事。那一天我给姑娘送糖饼去了，她们两个都坐在溪边，又洗衣服，又汲水，说说笑笑的，十分有趣。我想姑娘在家里，哪里做过这样的粗活，偏和翠儿在一处，就喜欢做。"母亲笑道："也好，倒学了几样能耐。以后……"她父亲正坐在那边窗前看报，听到这里，便放下报纸说："惠姑这孩子是真有慈爱的心肠，她曾和我说过翠儿的苦况，也提到她要怎样的设法救助，所以我任凭她每天出去。我想乡下人没有受过教育，自然就会生出像翠儿她婆婆那种顽固残忍的妇人，也就有像翠儿那样可怜无告的女子。我想惠姑知道了这些苦痛，将来一定能以想法救助的。惠姑！你心里是这样想么？"这时惠姑一面听着，眼里却满了晶莹的眼泪，便站了起来，走到父亲面前，将膝上的报纸拿开了，挨着椅旁站着，默默的想了一会，便说："我回去了，不能常常出来的，翠儿岂不是更加吃苦，爹爹！我们将翠儿带回去，好不好？"她父亲笑了说："傻孩子！你想人家的童养媳，我们可以随随便便的带着走么？"惠姑说："可否买了她来？"何妈摇头说："哪有人家将童养媳卖出去的，她妈也一定不肯呵。"母亲说："横竖我们过年还来的，又不是以后就见不着了，也许她往后的光景，会好一点，你放心罢！"惠姑也不说什么，只靠在父亲臂上，过了一会，便道："妈妈！我们什么时候回去？"她母亲说："等到晴了天，我们就该走了。"惠姑笑说："我玩的日子多了，也想回去上学了。"何妈笑说："不要忙，有姑娘腻烦念书的日子在后头呢。"说得大家都笑了。

又过了两天，这雨才渐渐的小了，只有微尘似的雨点，不住的飞洒。惠姑便想出去看看翠儿。走到院子里，只觉得一阵一阵的轻寒，地上也滑得很，便又进去套上一件衣服，换了鞋，带了草帽，又慢慢的走到溪边。溪水也涨了，不住的潺潺流着，往常她们坐的那几块石头，也被水没过去了，却不见翠儿！她站了一会，觉得太凉。刚要转身回去，翠儿却从那边提着水桶，走了过来，忽然看见惠姑，连忙放下水桶笑说："姑娘好几天没有出来。"惠姑说："都是这雨给关住了，你这两天好么？"翠儿摇头说："也只是如此。哪里就好了！"说着话的时候，惠姑看见她头发上，都是水珠，便道："我们去树下躲一躲罢，省得淋着。"说着便一齐走到树底下。翠儿笑说："前两天姑娘教给我的那几个字，我都用树枝轻轻的画在墙上，念了几天，都认得了，姑娘再教给我新的罢。"惠姑笑说："好了，我再教给你罢。本来我自己认得的字，也不算多，你又学得快，恐怕过些日子，你便要赶上我了。"翠儿十分喜欢，说："不知道到什么时候，我才能够赶上呢，姑娘每天多教给我几个字，或者过一两年就可以……"这时惠姑忽然皱眉说："我忘了告诉你了，我们——我们过两天要回到城里去了，哪里能够天天教你？"翠儿听着不觉呆了，似乎她从来没有想到这些，便连忙问道："是真的么？姑娘不要哄我玩！"惠姑道："怎么不真，我母亲说了，晴了天我们就该走了。"翠儿说："姑娘的家不是在这里么？"惠姑道："我们在城里还有房子呢，到这儿来不过是歇夏，哪里住得长久，而且我也须回去上学的。"翠儿说："姑娘什么时候再来呢？"惠姑说："大概是等过年夏天再来，你好好的在家里等着，过年我们再一块儿玩罢。"这时翠儿也顾不得汲水了，站在那里怔了半天，惠姑也只静静的看着她。过了一会儿，她忽然说："姑娘去了，我更苦了，姑娘能设法带我走么？"惠姑没有想到她会说这话，一时回答不出，便勉强说："你家里还有人呢，我们怎能带你走？"翠儿这时不禁哭了，呜呜咽咽的说："我家里的人，不拿我当人看待，姑娘也晓得的，我活着一天，是一天的事，哪里还能等到过年，姑娘总要救我才好!"惠姑看她这样，心中十分难过，便劝她说："你不要伤心，横竖我还要来的，要说我带你去，这事一定不成，你不如……"

翠儿的妈，看翠儿出来汲水，半天还不见回来，心想翠儿又是躲懒去了，就自己跑出来找。走到溪边，看见翠儿背着脸，和一个白衣女郎一同站着。她轻轻的走来，她们的谈话，都听得明白，登时大怒起来，就一直跑了过去。翠儿和惠姑都吓了一跳，惠姑还不认得她是谁，一看翠儿面如白纸，不住的向后退缩。那妇人揪住翠儿的衣领，一面打一面骂道："死丫头！你倒会背地里褒贬人，还怪我不拿你当人看待！"翠儿痛的只管哭叫，惠姑不觉又怕又急，便走过来说："你住了手罢，她也并没有说……"妇人冷笑说："我们婆婆教管媳妇，用不着姑娘可怜，姑娘要把她带走，拐带人口可是有罪呵！"一面将翠儿拖了就走。可怜惠姑哪里受过这样的话，不禁双颊涨红，酸泪欲滴，两手紧紧的握着，看着翠儿走了，自己跑了回来，又觉得委曲（屈），又替翠儿可怜，自己哭了半天，也不敢叫她父母知道，恐怕要说她和村妇拌嘴，失了体统。

第二天雨便晴了，惠姑想起昨天的事，十分的替翠儿担心，也不敢去看。下午果然不见翠儿出来。自己只闷闷的在家里，看着仆人收拾物件。晚饭以后，坐了一会，便下楼去找何妈作伴睡觉，只见何妈和几个庄里的妇女，坐在门口说着话儿，猛听得有一个妇人说："翠儿这一回真是要死了，也不知道她妈为什么说她要跑，打得不成样子。昨夜我们还听见她哭，今天却没有声息，许是……"惠姑吃了一惊，连忙上前要问时，何妈回头看见惠姑来了，便对她们摆手，她们一时都不言语。这时惠姑的母亲在楼上唤着："何妈！姑娘的自行车呢？"何妈站了起来答应了，一面拉着惠姑说："我们上去罢，天不早了。"惠姑说："你先走罢，太太叫你呢，我再等一会儿。"何妈只得自己去了。惠姑赶紧问道："你们刚才说翠儿怎么了？"她们笑说："没有说翠儿怎么。"惠姑急着说："告诉我也不要紧的。"她们说："不过昨天她妈打了她几下，也没有什么大事情。"惠姑道："你们知道她的家在哪里？"她们说："就在山前土地庙隔壁，朝南的门，门口有几株大柳树。"这时何妈又出来，和她们略谈了几句，便带惠姑进去。

这一晚上，惠姑只觉得睡不稳，天色刚刚破晓，便悄悄的自己起来，轻轻走下楼来，开了院门，向着山前走去。草地上满了露珠，凉风吹袂，地平线边的朝霞，照耀得一片通红，太阳还没有上来，树头的雀鸟鸣个不住。走到土地庙旁边，果然有个朝南的门，往里一看，有两个女孩，在院子里玩，忽然看见惠姑，站在门口，便笑嘻嘻的走出来。惠姑问道："你们这里有一个翠儿么？"她们说："有，姑娘有什么事情？"惠姑道："我想看一看她。"她们听了便要叫妈，惠姑连忙摆手说："不用了，你们带我去看罢。"一面掏出一把铜元，给了她们，她们欢天喜地的接了，便带惠姑进去。惠姑低声问道："你妈呢？"她们说："我妈还睡着呢。"惠姑说："好了，你们不必叫醒她，我来一会就走的。"一面说着便到了一间极其破损污秽的小屋子，她们指着说："翠儿在里面呢。"惠姑说："你们去罢，谢谢你。"自己便推门走了进去，只觉得里面很黑暗，一阵一阵的臭味触鼻，也看不见翠儿在什么地方，便轻轻的唤了一声，只听见房角里微弱的声音应着，惠姑走近前来，低下头仔细一看，只见翠儿蜷曲着卧在一个小土炕上，脸上泪痕模糊，脚边放着一堆烂棉花。惠姑心里一酸，便坐在炕边，轻轻的拍着她说："翠儿！我来了！"翠儿的眼睛，慢慢的睁开了，猛然看是惠姑，眉眼动了几动，只显出欲言无声欲哭无泪的样子。惠姑不禁滴下泪来，便拉着她的手，忍着泪坐着，翠儿也不言语，气息很微，似乎是睡着了。一会儿只听得她微微的说："姑娘……这些字我……我都认……"忽然又惊醒了说："姑娘！你听这溪水的声音……"惠姑只勉强微笑着点了点头，她也笑着合上眼，慢慢的将惠姑的手，拉到胸前。惠姑只觉得她的手愈握愈牢，似乎进出冷汗。过了一会，她微微的转侧，口里似乎是唱着歌，却是听不清楚，以后便渺无声息。惠姑坐了好久，想她是睡着了，轻轻的站了起来，向她脸上一看，她憔悴鳞伤的面庞上，满了微笑，灿烂的朝阳，穿进黑暗的窗棂，正照在她的脸上，好像接她去到极乐世界，这便是可怜的翠儿，初次的安息，也就是她最后的安息！

世界上有的是快乐……光明

　　"这样纷乱的国家，这样黑暗的社会，这样委靡的人心，难道青年除了自杀之外，还有别的路可走么？"凌瑜说这句话的时候，颤动的声音里，满含着抑郁悲惨的感情。

　　他的年纪，不过十九岁，是一个很恬淡超脱的青年，自少十分颖悟，最喜欢看内典一类的书，对于世上的一切事物，都看得像行云流水一般，与自己毫无干涉。但这几年来，他看着国家的大势，不禁使他常常的想到，"天下兴亡，匹夫有责"这一句话，便暂时的把"独善其身"的志趣抛弃了，要想做一番事业，拯救这苦恼的众生。他改了志向以后，便鼓足了热心勇气，往前进行。

　　自从山东问题发生了之后，国内人士，大动义愤，什么学生联合会呵，各界联合会呵，风起云涌的发生出来，民气的发达，似乎有"一日千里"的趋势。凌瑜更是非常的高兴，竭力的想怎样的唤起国魂，怎样的抵御外侮，心力交瘁的奔走运动。他以为像这样张旺的民气，中国前途，很可以有点希望了。不想几个月以后，社会上兴奋激烈的热情，渐渐不知不觉的淡了下去，又因为种种的爱国运动，不能得十分完满的结果，受了种种的压迫以后，都寒了心，慢慢的就涣散了。他看着这种半死不活的现象，着急的了不得，但是这"狂澜既倒"的人心，是难以勉强挽回的。自己单独进行呢，可做的事业太多了，不知从何处下手；而且一个人的力量，是不能持久的，是不能得巨大的效果的；待要不做罢，眼看着国事一天糟过一天，外侮一天逼似一天，实在不能袖手旁观的！总而言之，他既已投身入了这个旋涡，接触了这些愤激苦恼的事情，他心中的万根烦恼丝，无论如何是斩不断的，决不能再回到从前那种冷静寂灭的天性了。

他烦闷悲苦，到了极处的时候，忽然起了一个自杀的念头。他想既是进退无路，活着也无意味，并且反要饱受许多的苦痛，不如一瞑不视，倒觉得干净，或者还可以激动别人。他下了决心以后，不到两个钟头，便悄悄的自己一个人，出了学校，径到海边。

这时对着他的，只有蔚蓝的海；背着他的，只有青翠的山，他独自站在礁石上。一阵一阵的浪花，卷到他脚下，又一阵一阵的退去。三三两两的水鸟，掠水翻飞。天边绛色的晚霞，映着深绿色的海水，极其明媚可爱。水平线边，岛上的灯塔，衬在这霞光水色里，恍如仙山楼阁一般。这时正是初夏天气，骀荡的海风，缓缓吹来，拂在他脸上。他虽然已认定了投海自杀的这条路，却因着目前的一幅好景，使死在顷刻的凌瑜，冰冷的心肠里，又生出一种美感来。他两手交互着握得很紧，沉寂的眼光里含着珠泪，呆立了片晌，忽然自己说道："时候到了，不必留恋了！这千顷的清波，我凌瑜葬身此中，也算死得其所了，夕阳呵，晚霞呵，我现在和你们告别了！……"

"此情此景如何，空系愁怀不可，各各把事业做！"这娇软悠扬的歌声，使凌瑜猛然的回过头来。数步以外，有一个小男孩，和一个小女孩，对坐在沙滩上。年纪都不过有十岁左右，雏发覆额，眉目如画。两个人笑嘻嘻的捧着沙，堆起一座小城，又在城楼上插着一把小国旗。他们一边玩耍，一边齐声的唱歌。凌瑜默默的看着这两个孩子，将自己的事都忘却了。过一会儿，听那小女孩唤道："小岚，那崖石旁边有许多的野花，你去采了来，我们也插在城楼上。"小岚便转身向着礁石走来，但是中间却隔着几尺阔的水，他走不过去，便站住了，只笑着望着凌瑜。凌瑜笑道："你要采野花么？我替你采，好不好？"说着便采了花，跳到沙滩上，递给小岚。小岚笑着接了，仰着头看着凌瑜，表出他的感激。凌瑜觉得他可爱不过，便拉着他的手，一同走到小城旁边，一面帮着他们，将野花插上了。小岚忽然道："先生，你刚才站在礁石上半天作什么？是不是……"这时凌瑜猛然又记起方才的决心来，神经完全的错乱了，以下的话，也没有听见。住了半天，忽然答道："我要走一条黑暗悲惨的道路！"他们听见了，似乎十分奇怪，睁着漆黑的眼睛，看着凌瑜。凌瑜也不往下说了，只流下泪来。他们不知所以，都没了主意，默默的站起来，携着手就走。凌瑜呆呆的出了半天的神，忽然惊醒过来，他们已经走出数步以外，还不住的回头看着。凌瑜微微的笑着，对他们点头，他们也笑着说"再见"，便又往前走了几步，忽然又一同站住了，回过头来，唤道："先生！世界上有的是光明，有的是快乐，请你自己去找罢！不要走那一条黑暗悲惨的道路。"这银钟般清朗的声音，穿入凌瑜的耳中，心里忽然的放了一线的光明，长了满腔的热气！看着他们缟白如雪的衣裳，温柔圣善的笑脸，金赤的夕阳，照在他们头上，如同天使顶上的圆光，朗耀晶明，不可逼视，这时凌瑜几乎要合掌膜拜。

天使的影子，渐渐的远了；天色渐渐的黑暗下来，历历落落的明星，渐渐的露出云端。海面上起了凉风，涛声澎湃，水影深黑。灯塔上的灯光，乍明乍灭。凌瑜呆呆的站在这孤寂的海岸上，耳边还听见说："先生，世界上有的是光明，有的是快乐，请你自己去找罢，不要走那黑暗悲惨的道路！"这声音好似云端天乐一般，来回的唱了几遍，凌瑜眼前的光晕，忽然渐渐的放大了，一片的光明灿烂，几乎要冲破夜色。他心中所有的阴翳，都拨散了，却起了一种不可思议、庄严华美的感情，一缕缕的流出脑海，随着潮声，在空中来回的荡漾。他这时不禁泪流满面，屈膝跪在沙滩上，抬头望着满天的繁星，轻轻的说道："我知道了，世界上充满了光和爱，等着青年自己去找，不要走那黑暗悲惨的道路！"

骰　子

　　李老太太躺在床上，伸出她枯瘦的手，对着站在床前的媳妇说道，"聪如！你看我病的不过半个月，指甲上一点血色都没有了。"聪如正端着药碗，一手撩着帐子，听了老太太的话，连忙笑着说，"不过今天的天气冷一些，你老人家的老病发的又利害一点就是了，我看今天似乎好多了。"老太太摇头道，"也不见得怎样瘥减，夜里还是不住的咳嗽，且看这一服药吃下去再说。"一面挣扎着坐起来，就聪如手里吃了药。聪如又扶着她慢慢的躺下，自己放下了药碗，便坐在床沿，轻轻的拍着。一会儿老太太似乎蒙眬睡去，聪如便悄悄的站起来，开了一线的窗户，放进空气来，又回来坐在床前。

　　这时候从门外走进一个小女孩子，口里叫道，"妈妈！祖母今天……"聪如连忙对她摆手，她便轻轻的走近前来问道："祖母今天好一点了么？"聪如一面抚着她的头，一面也悄悄的说："也不见得怎样。"她又问说："爹爹回来了么？"聪如说："还没有回来呢，你先出去玩罢，回头把祖母搅醒了。"她蹑足走到床前揭开帐子，望了一望才走了出去。

刚出了屋门，恰好她父亲则荪陪着大夫，一同走了进来。看见她便问道："雯儿！祖母醒着么？"雯儿正要答应，这时听见老太太在屋里咳嗽，聪如便唤道："母亲醒了，请进来罢。"他们便一同进去，这位冯大夫手里拿着旱烟袋，向着聪如略一点头，便坐在床前桌边。吃过了茶，就替老太太诊脉。雯儿也站在旁边，看见冯大夫指甲很长，手上也不洁净，暗想他做大夫的人，为何还不懂得卫生。一会儿冯大夫诊完了脉，略问了几句病情，拿起笔来，龙蛇飞舞的开了药方，便告辞回去。则荪送到门口回来，又进到里屋，只见帐子放着，聪如皱眉对则荪说："母亲今天仍不见好，我看冯大夫的药，不很见效，还是换个大夫来看看罢。"则荪点一点头。雯儿道："冯大夫手上脸上都很污秽，自己都顾不过来，哪里会给人家治病。"则荪不禁笑了，一面对聪如说："我想明天请个西医来看看，只怕母亲不肯吃外国药。"聪如刚要说话，老太太在帐里又咳嗽起来。他们便一齐走到床前去。

过了两天，老太太的病仍然不见瘥减，似乎反沉重了。则荪和聪如都着急的了不得，便和老太太婉商，换一个西医来看看。老太太也不言语，过一会子才说："外国药我吃不惯，姑且试试看罢。"又说："昨儿晚上，我梦见你父亲来了，似乎和我说他如今在一个地方，也有房子，也有事做，要接我去住。我想我的病……"说到这里，又咳嗽起来。则荪半信半疑的看着他母亲的脸，心中不觉难过，便勉强笑道："这都是母亲病着精神不好，所以才做这无稽的梦。"老太太摇头道：

"我梦里如同是真的一样，你父亲穿的还是装殓时穿的那一身衣服。"这时众人都寂静了，雯儿站在一旁，心里默默的思想。老太太又说："观音庙的签是最灵验的，叫王妈去抽一条来看看罢。"聪如答应了，便出去告诉了王妈。

午饭以后，王妈果然换上了一件新竹布衫子，戴上红花，带着香烛，便要上庙去。雯儿跟到门口，悄悄的说道："王妈！你抽一个好的签回来罢。"王妈不禁笑道："那可是没有准……只凭着神佛的意思罢了，也许因着姑娘这一点孝心，就得一个大吉大利的签。"一面说着，便自己去了。

一会儿王妈回来了，走到老太太屋里。聪如坐在药炉边看着火，雯儿也在一旁站着，回头看见王妈来了，便走过来问道："王妈！这签怎么样？"王妈也不言语，便将签纸递给聪如。聪如接过来念道："渊深鱼不得，鸟飞网难获，时势已如此，一笑又一哭。"念完了自己只管沉吟着。雯儿连忙问道："这签好不好？"这时老太太揭开帐子问道："王妈回来了么？"聪如连忙应着走过来。老太太说："签上说些什么，你念给我听听。"聪如只得念了，老太太来回的咀嚼"时势已如此，一笑又一哭"这两句话，脸上似乎带些暗淡，却也不说什么。

明天雯儿放午学回家，看见她父亲同着一位穿洋服的朋友，站在廊子上说着话。雯儿上前鞠了躬，正要进到屋里去，只听得这位先生说："伯母的病是不妨事的，这药服下去一定见效，不过我看伯母的精神很郁结，莫非是有什么不如意的事？"这时雯儿便站住了。则苏便把老太太做的梦和抽签的事，说了一遍，医生微微的笑了，以后又皱眉说：“最好能把这瘢结去了，精神一畅爽，这病不难就好的——病人的心理和病状，是大有关系的啊！”他们又谈了几句，医生便走了。

到了晚上，老太太果然觉得轻快了许多。则荪和聪如都在屋里陪着。雯儿也坐在床上捶腿，老太太心里仍旧模模糊糊的，自己不很相信，想到“时势已如此，一笑又一哭”这两句诗，似乎今天的瘥减，不是好兆头。这时雯儿笑着说：“祖母今天好得多了，过两天便能起来看桃花了。”老太太听着又觉得喜欢，便道：“你怎么知道我会好了？昨天签上的话很不祥呢！”雯儿道：“签上的话哪有准的，那泥胎木偶……”说到这里，看见父亲母亲都望着她，她不好意思，便咽住了。老太太却没有听真，便道：“向来我的牙牌数是最灵的，可惜我现在不能多坐，不能算了。则荪，你把骰盆拿过来，我掷一掷，占占命运罢。”

这时则荪和聪如都没了主意，老太太病的增减，就在这孤注一掷了。骰子是不听吩咐的，决不能凑巧就得“六子皆赤”，万一——则荪游移不决的只管站着，要把别的话岔过去，无奈老太太一连叠声叫拿过骰盆来，则荪只得去拿了过来，放在床前桌上。聪如也只得将老太太扶起来坐着，雯儿在旁边也呆了，便悄悄的问道：“妈妈——掷出什么样的来，才是好的？”聪如看着老太太，随口应道：“六个骰子都是红的就是好的。”这时老太太已经捧起骰盆来，默默的祷祝，雯儿忽然站在椅子上，将聪如头上的金钗拔了下来；又跳下椅子去，走到灯影以外的屋角里。

老太太祷祝完了，抓起骰子来，便要掷下去。则荪和聪如屏息旁观，都捏着一把汗。这时雯儿忽然皱着眉从屋角跑了过来，右手握着拳头，左手便从老太太手里接过骰子来，满面含笑的说："祖母！等我来掷罢，也许因着我这一点孝心，就得一个大吉大利。"老太太笑着便递给雯儿。则荪和聪如都看着她，心里十分的诧异，不知道她是什么意思，正要拦阻，只见她左手捻着骰子，一粒一粒的往右拳里塞，眼睛望上看着，却不是祷祝，六粒都塞完了，右拳略略的松动了一点，便笑着撺起袖子，看定骰盆，锵的一声掷了下去。

六个骰子不住的旋转，一会儿便都定住了。则荪忽然欢呼着说："母亲，六个都是红的！"聪如低头细看时，忽然显出极其惊愕的神色，便抬头看着雯儿说："雯儿！你……"连忙又咽住了，也便称贺起来。则荪也觉得了，看雯儿时，只见她背着手，笑吟吟的看着她祖母。老太太心花怒放，便端起骰盆老眼迷糊的看着，口里说道："到底是雯儿的孝心，老天也怜念的。"雯儿连忙用左手接过骰盆来，放在一边，笑说："这是祖母的洪福，我不过乱掷就是了。"

老太太的病一天一天的好了，一家的人都放下心来。这一天老太太穿衣起来，梳洗完了，出来看院子里的桃花。儿子媳妇都在旁边说笑，一会儿老太太觉得乏了，便进去歇息，则荪和聪如仍旧坐在廊子上。

聪如笑道："母亲的病，好的也真快，真是亏着那位大夫，起先我劝母亲吃西药的时候，我心中十分担惊，觉得也没什么把握，如今可是真好了。"则荪点头道："可是也亏了雯儿呢！"聪如连忙说："我也看出来了，真是难为她想……"

　　这时雯儿正夹着书包，从门外跳将进来，笑着唤道："爹爹！妈妈！又说雯儿什么了？"聪如只笑着拉着她的手，雯儿一面笑，一面挣脱了说："妈妈不要握紧了，我的手掌还有一点疼呢！"

一个兵丁

小玲天天上学，必要经过一个军营。他挟着书包儿，连跑带跳不住的走着，走过那营前广场的时候，便把脚步放迟了，看那些兵丁们早操。他们一排儿的站在朝阳之下，那雪亮的枪尖，深黄的军服，映着阳光，十分的鲜明齐整。小玲在旁边默默的看着，喜欢羡慕的了不得，心想："以后我大了，一定去当兵，我也穿着军服，还要掆着枪，那时我要细细的看枪里的机关，究竟是什么样子。"这个思想，天天在他脑中旋转。

这一天他按着往常的规矩，正在场前凝望的时候，忽然觉得有人附着他的肩头，回头一看，只见是看门的那个兵丁，站在他背后，微笑着看着他。小玲有些瑟缩，又不敢走开，兵丁笑问："小学生，你叫什么？"小玲道："我叫小玲。"兵丁又问道："你几岁了？"小玲说："八岁了。"兵丁忽然呆呆的两手挂着枪，口里自己说道："我离家的时候，我们的胜儿不也是八岁么？"

　　小玲趁着他凝想的时候，慢慢的挪开，数步以外，便飞跑了。回头看时，那兵丁依旧呆立着，如同石像一般。

　　晚上放学，又经过营前，那兵丁正在营前坐着，看见他来了，便笑着招手叫他。小玲只得过去了，兵丁叫小玲坐在他的旁边。小玲看他那黧黑的面颜，深沉的目光，却现出极其温蔼的样子，渐渐的也不害怕了，便慢慢伸手去拿他的枪。兵丁笑着递给他。小玲十分的喜欢，低着头只顾玩弄，一会儿抬起头来。那兵丁依旧凝想着，同早晨一样。

　　以后他们便成了极好的朋友，兵丁又送给小玲一个名字，叫做"胜儿"，小玲也答应了。他早晚经过的时候必去玩枪，那兵丁也必是在营前等着。他们会见了却不多谈话，小玲自己玩着枪，兵丁也只坐在一旁看着他。

　　小玲终竟是个小孩子，过了些时，那笨重的枪也玩得腻了，经过营前的时候，也不去看望他的老朋友了。有时因为那兵丁只管追着他，他觉得厌烦，连看操也不敢看了，远望见那兵丁出来，便急忙走开。

　　可怜的兵丁！他从此不能有这个娇憨可爱的孩子，和他作伴了。但他有什么权力，叫他再来呢？因为这个假定的胜儿，究竟不是他的儿子。

　　但是他每日早晚依旧在那里等着，他藏在树后，恐怕惊走了小玲。他远远地看着小玲连跑带跳的来了，又嘻笑着走过了，方才慢慢的转出来，两手拄着枪，望着他的背影，临风洒了几点酸泪——

　　他几乎天天如此，不知不觉的有好几个月了。

　　这一天早晨，小玲依旧上学，刚开了街门，忽然门外有一件东西，向着他倒来。定睛一看，原来是一杆小木枪，枪柄上油着红漆，很是好看，上面贴着一条白纸，写着道："胜儿收玩　爱你的老朋友——"

小玲拿定枪柄，来回的念了几遍，好容易明白了。忽然举着枪，追风似的，向着广场跑去。

这队兵已经开拔了，军营也空了——那时两手拄着枪，站在营前，含泪凝望的，不是那黧黑慈蔼的兵丁，却是娇憨可爱的小玲了。

是谁断送了你

怡萱今天起的很早，天色刚刚发亮，她就不想睡了，悄悄的下来，梳好了头，喜喜欢欢的又把书包打开，将昨天叔叔替她买的新书，一本一本的，从头又看了一遍，又好好的包起来。这时灿烂的阳光，才慢慢的升上，接着又听见林妈在厨房里淘米的声音。

她走到母亲屋里，母亲正在窗前梳头。父亲却在一张桌子上写心经，看见怡萱进来了，便从玳瑁边的眼镜里，深深的看她一眼，一面问道："你都预备好了么？"怡萱连忙应道："预备好了。"她父亲慢慢的搁下笔，摘下眼镜说："萱儿，你这次上学堂去，是你叔叔的意思。他说的一篇理由，我也不很明白，本来女孩儿家，哪里应当到外头去念书？不过我们两房里，只有你这么一个女儿，你叔叔素来又极喜欢你，我也不忍过拂他的意思。今天是你头一天上学，从今天起，你总要好好的去做，学问倒不算一件事，一个姑娘家只要会写信，会算账，就足用了。最要紧的千万不要学那些浮嚣的女学生们，高谈'自由''解放'，以致道德堕落，名誉扫地，我眼里实在看不惯这种轻狂样儿！若是我的女儿，也……"怡萱一边听着，答应了几十声"是"。这时她母亲梳完了头，看见林妈已经把早饭开好，恐怕怡萱头一天上学，要误了时刻，便陪笑说："你这话已经说了好几回了，她也已经明白了，现在时候也不早，让她吃饭去罢。"她父亲听见了，抬头看一看钟，便点头道："去罢。"怡萱才慢慢的退出去。

出到外间，急急忙忙的吃了半碗饭，便回到自己屋里，拿了书包，叫林妈跟着，又到母亲屋里，陪笑说："爹爹，妈妈，我上学去了。"她父亲点一点头，等到怡萱走到院子里，又叫住，说道："下午若是放学放的早，也须在学校里候一候，等林妈来接，你再和她一同回来。"怡萱站住答应了，便和林妈去了。

到了学校，林妈带她进去，自己便回来，怡萱坐在自己的座上，寂寂寞寞的，也没有人来睬她，看同学们都三三两两的，在一块儿谈笑，她心里觉得很凄惶，只自己打开书本看着。不一会儿，上堂铃响了，先生进来，她们才寂静了下去。怡萱也便聚精凝神的去听讲。

过了一两个月，同学们渐渐和她熟识了，又看她性情稳重，功课又好，都十分的敬爱她。她父亲每次去学校里，查问成绩的时候，师长们都是十分夸奖。她父亲很喜欢，不过没有和怡萱说过，恐怕要长她的傲气。

这天是星期，父亲出门去了，怡萱自己在院子里看书。林妈送进一封信来，接过一看，是一封英文信，上面写着自己的名字。心想许是英文教习写来的，不过字迹不像，便拆开了。原来是一个男学生写的，大意说屡次在道上遇见她，又听得她的学问很好，自己很钦慕，等等的话，底下还注着通信的住址。信里的英文字，都拼错了，文法也颠倒错乱。怡萱的英文程度，本也很浅，看了几遍，好容易明白了，登时气得双脸紫涨，指尖冰冷，书也落到地下。怔了半天，把信夹在书里，进到屋子里去，坐在椅上发呆。心想："这封信倘若给父亲接到，自己的前途难免就牺牲了，假如父亲要再疑到自己在外面，有什么招摇，恐怕连性命都难保！这一次是万幸了，以后若再有信来，怎么好！他说是道上屡次遇见的，自己每天上学，却不理会有什么形迹可疑的人。即或知道是谁写的，也没有法子去惩治，好容易叔叔千说万说，才开了求学之门，这一来恐怕要……"她越想越气，越想越怕，自己哭了半天，等到父亲回来了，才连忙洗了脸，出来讲了两篇古文，又勉强吃了午饭。晚上便觉得头昏脑热起来，第二天早晨，她却依旧挣扎着去上学。

从这时起，她觉得非常的不安，一听见邮差叩门，她的心便跳个不住。成天里寡言少笑，母亲很愁虑，说："你不必太用功了，求学的日子长着呢，先歇些日子再说！"她一面陪笑着，安慰她母亲，一面自己却忍不住落下泪来。

过了十几天，没有动静，她才渐渐的宽慰下去，仍旧专心去做她的功课。

这天放了学，林妈照例来接。道上她看林妈面色很迟疑，似乎有话要告诉；过了一会，才悄悄的说："老爷今天不知道为什么生了大气，拿着一封信，同太太吵了半天……"怡萱听见"一封信"三个字，已经吓呆了，也顾不得往下再问，急忙的同林妈走回家去。

到了家，腿都软了，几乎走不上台阶。进到母亲屋里，只见父亲面色铁青，坐在椅上，一语不发。母亲泛白着脸，也怔着坐在一边。她战兢着上前叫声爹妈，父亲不理她，只抬头看着屋顶，母亲说了句，"萱儿你……"眼泪便落了下来。怡萱喉头哽塞，走到母亲面前。父亲两手索索的抖，拿出一封信来，扔在桌上，自己走了出去。

这时怡萱不禁哭了。母亲含着泪，看了她半天，说："你素来这样的聪明沉静，为何现在却糊涂起来？也不想……"怡萱哭着问道："妈妈这话从何说起？"母亲指着桌上，说："你看那封信！"怡萱忙拿过来一看，却是一封恭楷的汉文信，上边写着："蒙许缔交，不胜感幸，星期日公园之游，万勿爽约。"怡萱看完了，扶着桌子，站了一会，身子便往后仰了。

一睁开眼睛，却卧在自己床上，母亲坐在一边。怡萱哭着坐起来说："妈妈！我的心，只有妈妈知道了！"母亲也哭了，说："过去的事，不必说了——都是你叔叔误了你！"怡萱看她母亲的脸色，又见父亲不在屋里，一时冤抑塞胸，忽然惨笑了几声，仍旧面壁卧下。

一个月以后，一个须发半白的中年人，独自站在一座新坟旁边，徘徊凭吊，过了半天，只听得他弹着泪说："可怜的怡萱侄女呵，到底是谁断送了你？"

三 儿

　　三儿背着一个大筐子，拿着一个带钩的树枝儿，歪着身子，低着头走着，眼睛却不住的东张西望。天色已经不早了，再拾些破纸烂布，把筐子装满了，便好回家。

　　走着便经过一片广场，一群人都在场边站着，看兵丁们打靶呢，三儿便也走上前去。只见兵丁们一排儿站着，兵官也在一边；前面一个兵丁，单膝跪着，平举着枪，瞄准了铁牌，当的一声，那弹子中在牌上，便跳到场边来。三儿忽然想到这弹子拾了去，倒可以卖几个铜子，比破纸烂布值钱多了。便探着身子，慢慢的用钩子拨过弹子来，那兵丁看他一眼，也不言语。三儿就蹲下去拾了起来，揣在怀里。

　　他一连的拾了七八个，别人也不理会，也没有人禁止他，他心里很喜欢。

　　一会儿，又有几个孩子来了，看见三儿正拾着弹子，便也都走拢来。三儿回头看见了，恐怕别人抢了他的，连忙跑到牌边去。

　　忽然听得一声哀唤，三儿中了弹了，连人带筐子，打了一个回旋，便倒在地上。

　　那兵官吃了一惊，却立刻正了色，很镇定的走到他身旁。众人也都围上前来，有人便喊着说："三儿不好了！快告诉他家里去！"

　　不多时，他母亲一面哭着，便飞跑来了，从地上抱起三儿来。那兵官一脚踢开筐子，也低下头去。只见三儿面白如纸，从前襟的破孔里，不住的往外冒血。他母亲哭着说："我们孩子不能活了！你们老爷们偿他的命罢！"兵官冷笑着，用刺刀指着场边立的一块木板说："这牌上不是明明写着不让闲人上前么？你们孩子自己闯了祸，怎么叫我们偿命？谁叫他不认得字！"

　　正在不得开交，三儿忽然咬着牙，挣扎着站起来，将地上一堆的烂纸捧起，放在筐子里；又挣扎着背上筐子，拉着他母亲说："妈妈我们家……家去！"他母亲却依旧哭着闹着，三儿便自己歪斜的走了，他母亲才连忙跟了来。

　　一进门，三儿放下筐子，身子也便坐在地下，眼睛闭着，两手揉着肚子，已经是出气多进气少了。这时门口站满了人，街坊们便都挤进来，有的说："买块膏药贴上，也许就止了血。"有的说："不如抬到洋人医院里去治，去年我们的叔叔……"

　　忽然众人分开了，走进一个兵丁来，手里拿着一小卷儿说："这是二十块钱，是我们连长给你们孩子的！"这时三儿睁开了眼，伸出一只满了血的手，接过票子来，递给他母亲，说："妈妈给你钱……"他母亲一面接了，不禁号啕痛哭起来。那兵丁连忙走出去，那时——三儿已经死了！

鱼　儿

　　十二年前的一个黄昏，我坐在海边的一块礁石上，手里拿着一根竹竿儿，绕着丝儿，挂着饵儿，直垂到水里去。微微的浪花，漾着钓丝，好像有鱼儿上钓似的，我不时的举起竿儿来看，几次都是空的！

　　太阳虽然平西了，海风却仍是很热的，谁愿意出来蒸着呵！都是我的奶娘说，夏天太睡多了，要睡出病来的。她替我找了一条竿子，敲好了钩子，便拉着我出来了。

　　礁石上倒也平稳，那边炮台围墙的影儿，正压着我们。我靠在奶娘的胸前，举着竿子。过了半天，这丝儿只是静静的垂着。我觉得有些不耐烦，便嗔道："到底这鱼儿要吃什么？怎么这半天还不肯来！"奶娘笑道："他在海里什么都吃，等着罢，一会儿他就来了！"

　　我实在有些倦了，便将竿子递给奶娘，两手叉着，抱着膝。一层一层的浪儿，慢慢的卷了来，好像要没过这礁石；退去的时候，又好像要连这礁石也带了去。我一声儿不响，我想着——我想我要是能随着这浪儿，直到了水的尽头，掀起天的边角来看一看，那多么好呵！那么一定是亮极了，月亮的家，不也在那里么？不过掀起天来的时候，要把海水漏了过去，把月亮濯湿了。不要紧的！天下还有比海水还洁净的么？他是澈底清明的……

"是的，这会儿凉快的多了，我是陪着姑娘出来玩来了。"奶娘这句话，将我从幻想中唤醒了来；抬头看时，一个很高的兵丁，站在礁石的旁边，正和奶娘说着话儿呢。他右边的袖子，似乎是空的，从肩上直垂了下来。

他又走近了些，微笑着看着我说："姑娘钓了几条鱼了？"我仔细看时，他的脸面很黑，头发斑白着，右臂已经没有了，那袖子真是空的。我觉得有点害怕，勉强笑着和他点一点头，便回过身去，靠在奶娘肩上，轻轻的问道："他是谁？他的手臂怎……"奶娘笑着拍我说："不要紧的，他是我的乡亲。"他也笑着说："怎么了，姑娘怕我么？"奶娘说："不是，姑娘问你的手怎么了！"他低头看了一看袖子，说："我的手么？我的手让大炮给轰去了！"我这时不禁抬头看看他，又回头看看那炮台上隐隐约约露出的炮口。

我望着他说："你的手是让这炮台上的大炮给轰去的么？"他说："不是，是那一年打仗的时候，受了伤的。"我想了一会儿，便说："你们多会儿打仗来着？怎么我没有听见炮声。"他不觉笑了，指着海上——就是我刚才所想的清洁光明的海上——说："姑娘，那时还没有你呢！我们就在那边，一个月亮的晚上，打仗来着。"我说："他们必是开炮打你们了。"他说："是的，在这炮火连天的时候，我的手就没有了，掉在海里了。"这时他的面色，渐渐的泛白起来。

我呆呆的望着蔚蓝的海——望了半天。

奶娘说："那一次你们似乎死了不少的人，我记得……"他说："可不是么，我还是逃出命来的，我们同队几百人，船破了以后，都沉在海里了。只有我，和我的两个同伴，上了这炮台了。现在因着这一点劳苦，饷银比他们多些，也没有什么吃力的事情做。"

我抚着自己的右臂说："你那时觉得痛么？"他微笑说："为什么不痛！"我说："他们那边也一样的死伤么？"他说："那是自然的，我们也开炮打他们了，他们也死了不少的人，也都沉在海里了。"我凝望着他说："既是两边都受苦，你们为什么还要打仗？"他微微的叹息，过了一会说："哪里是我们？……是我们两边的舰长下的命令，我们不能不打，不能不开炮呵！"

炮台上的喇叭，呜呜的吹起来。他回头望了一望，便和我们点一点首说："他们练习炮术的时候到了，我也得去看着他们，再见罢！"

"他自己受了伤，尝了痛苦了，还要听从那不知所谓的命令，去开炮，也教给后来的人，怎样开炮；要叫敌人受伤，叫敌人受痛苦，死了，沉在海里了！——那边呢，也是这样。他们彼此遵守着那不知所谓的命令，做这样的工作！——"

海水推着金赤朗耀的月儿，从天边上来。

"海水里满了人的血，他听凭飘在他上面的人类，彼此涌下血来，沾染了他自己。他仍旧没事人似的，带着血水，喷起雪白的浪花——

"月儿是受了这血水的洗礼，被这血水浸透了，他带着血红的光，停在天上，微笑着，看他们做这样的工作！"

"清洁！光明！原来就是如此……"

奶娘拊着我的肩说："姑娘，晚了，我们也走罢。"

我慢慢的站了起来，从奶娘手里，接过竿子，提出水面来——钩上忽然挂着金赤的一条鱼！

"'他在水里什么都吃'，他吃了那兵丁的手臂，他饮了从那兵丁伤处流下来的血，他在血水里养大了的！"我挑起竿子，摘下那鱼儿来，仍旧抛在水里。

奶娘却不理会，扶着我下了礁石，一手拄着竿子，一手拉着无精打采的我，走回家去。

月光之下，看见炮台上有些白衣的人，围着一架明亮夺目的东西——原来是那些兵丁们，正练习开炮呢！

超　人

何彬是一个冷心肠的青年，从来没有人看见他和人有什么来往。他住的那一座大楼上，同居的人很多，他却都不理人家，也不和人家在一间食堂里吃饭，偶然出入遇见了，轻易也不招呼。邮差来的时候，许多青年欢喜跳跃着去接他们的信，何彬却永远得不着一封信。他除了每天在局里办事，和同事们说几句公事上的话；以及房东程姥姥替他端饭的时候，也说几句照例的应酬话，此外就不开口了。

他不但是和人没有交际，凡带一点生气的东西，他都不爱；屋里连一朵花，一根草，都没有，冷阴阴的如同山洞一般。书架上却堆满了书。他从局里低头独步的回来，关上门，摘下帽子，便坐在书桌旁边，随手拿起一本书来，无意识的看着，偶然觉得疲倦了，也站起来在屋里走了几转，或是拉开帘幕望了一望，但不多一会儿，便又闭上了。

程姥姥总算是他另眼看待的一个人；她端进饭去，有时便站在一边，絮絮叨叨的和他说话，也问他为何这样孤零。她问上几十句，何彬偶然答应几句话："世界是虚空的，人生是无意识的。人和人，和宇宙，和万物的聚合，都不过如同演剧一般，上了台是父子母女，亲密的了不得；下了台，摘了假面具，便各自散了。哭一场也是这么一回事，笑一场也是这么一回事，与其互相牵连，不如互相遗弃；而且尼采说得好，爱和怜悯都是恶……"程姥姥听着虽然不很明白，却也懂得一半，便笑道："要这样，活在世上有什么意思？死了，灭了，岂不更好，何必穿衣吃饭？"他微笑道："这样，岂不又太把自己和世界都看重了。不如行云流水似的，随他去就完了。"程姥姥还要往下说话，看见何彬面色冷然，低着头只管吃饭，也便不敢言语。

这一夜他忽然醒了。听得对面楼下凄惨的呻吟着，这痛苦的声音，断断续续的，在这沉寂的黑夜里只管颤动。他虽然毫不动心，却也搅得他一夜睡不着。月光如水，从窗纱外泻将进来，他想起了许多幼年的事情——慈爱的母亲，天上的繁星，院子里的花……他的脑子累极了，极力的想摈绝这些思想，无奈这些事只管奔凑了来，直到天明，才微微的合一合眼。

他听了三夜的呻吟，看了三夜的月，想了三夜的往事——

眠食都失了次序，眼圈儿也黑了，脸色也惨白了。偶然照了照镜子，自己也微微的吃了一惊，他每天还是机械似的做他的事——然而在他空洞洞的脑子里，凭空添了一个深夜的病人。

第七天早起，他忽然问程姥姥对面楼下的病人是谁。程姥姥一面惊讶着，一面说："那是厨房里跑街的孩子禄儿，那天上街去了，不知道为什么把腿摔坏了，自己买块膏药贴上了，还是不好，每夜呻吟的就是他。这孩子真可怜，今年才十二岁呢，素日他勤勤恳恳极疼人的……"何彬自己只管穿衣戴帽，好像没有听见似的，自己走到门边。程姥姥也住了口，端起碗来，刚要出门，何彬慢慢的从袋里拿出一张钞票来，递给程姥姥说："给那禄儿罢，叫他请大夫治一治。"说完了，头也不回，径自走了。——程姥姥一看那巨大的数目，不禁愕然，何先生也会动起慈悲念头来，这是破天荒的事情呵！她端着碗，站在门口，只管出神。

呻吟的声音，渐渐的轻了，月儿也渐渐的缺了。何彬还是朦朦胧胧的——慈爱的母亲，天上的繁星，院子里的花……他的脑子累极了，竭力的想摈绝这些思想，无奈这些事只管奔凑了来。

过了几天，呻吟的声音住了，夜色依旧沉寂着，何彬依旧"至人无梦"的睡着。前几夜的思想，不过如同晓月的微光，照在冰山的峰尖上，一会儿就过去了。

程姥姥带着禄儿几次来叩他的门，要跟他道谢；他好像忘记了似的，冷冷的抬起头来看了一看，又摇了摇头，仍去看他的书。禄儿仰着黑胖的脸，在门外张着，几乎要哭了出来。

这一天晚饭的时候，何彬告诉程姥姥说他要调到别的局里去了，后天早晨便要起身，请她将房租饭钱，都清算一下。程姥姥觉得很失意，这样清净的住客，是少有的，然而究竟留他不得，便连忙和他道喜。他略略的点一点头，便回身去收拾他的书籍。

他觉得很疲倦，一会儿便睡下了。——忽然听得自己的门钮动了几下，接着又听见似乎有人用手推的样子。他不言不动，只静静的卧着，一会儿也便渺无声息。

　　第二天他自己又关着门忙了一天，程姥姥要帮助他，他也不肯，只说有事的时候再烦她。程姥姥下楼之后，他忽然想起一件事来，绳子忘了买了。慢慢的开了门，只见人影儿一闪，再看时，禄儿在对面门后藏着呢。他踌躇着四围看了一看，一个仆人都没有，便唤："禄儿，你替我买几根绳子来。"禄儿趄趄的走过来，欢天喜地的接了钱，如飞走下楼去。

　　不一会儿，禄儿跑的通红的脸，喘息着走上来，一只手拿着绳子，一只手背在身后，微微露着一两点金黄色的星儿。他递过了绳子，仰着头似乎要说话，那只手也渐渐的回过来。何彬却不理会，拿着绳子自己走进去了。

　　他忙着都收拾好了，握着手周围看了看，屋子空洞洞的——睡下的时候，他觉得热极了，便又起来，将窗户和门，都开了一缝，凉风来回的吹着。

　　"依旧热得很。脑筋似乎很杂乱，屋子似乎太空沉。——累了两天了，起居上自然有些反常。但是为何又想起深夜的病人。——慈爱的……不想了，烦闷的很！"

　　微微的风，吹扬着他额前的短发，吹干了他头上的汗珠，也渐渐的将他扇进梦里去。

　　四面的白壁，一天的微光，屋角几堆的黑影。时间一分一分的过去了。

　　慈爱的母亲，满天的繁星，院子里的花。不想了——烦闷……闷……

黑影漫上屋顶去，什么都看不见了，时间一分一分的过去了。

风大了，那壁厢放起光明。繁星历（凌）乱的飞舞进来。星光中间，缓缓地走进一个白衣的妇人，右手撩着裙子，左手按着额前。走近了，清香随将过来；渐渐的俯下身来看着，静穆不动的看着——目光里充满了爱。

神经一时都麻木了！起来罢，不能，这是摇篮里，呀！母亲——慈爱的母亲。

母亲呵！我要起来坐在你的怀里，你抱我起来坐在你的怀里。

母亲呵！我们只是互相牵连，永远不互相遗弃。

渐渐的向后退了，目光仍旧充满了爱。模糊了，星落如雨，横飞着都聚到屋角的黑影上。——

"母亲呵，别走，别走！……"

十几年来隐藏起来的爱的神情，又呈露在何彬的脸上；十几年来不见点滴的泪儿，也珍珠般散落了下来。

清香还在，白衣的人儿还在。微微的睁开眼，四面的白壁，一天的微光，屋角的几堆黑影上，送过清香来。——刚动了一动，忽然有觉得一个小人儿，蹑手蹑脚的走了出去，临到门口，还回过小脸儿来，望了一望。他是深夜的病人——是禄儿。

何彬竭力的坐起来。那边捆好了的书籍上面，放着一篮金黄色的花儿。他穿着单衣走了过去，花篮底下还压着一张纸，上面大字纵横，借着微光看时，上面是：

　　我也不知道怎样可以报先生的恩德。我在先生门口看了几次，桌子上都没有摆着花儿。——这里有的是卖花的，不知道先生看见过没有？——这篮子里的花，我也不知道是什么名字，是我自己种的，倒是香得很，我最爱他。我想先生也必是爱他。我早就要送给先生了。但是总没有机会。昨天听见先生要走了，所以赶紧送来。

　　我想先生一定是不要的。然而我有一个母亲，她因为爱我的缘故，也很感激先生。先生有母亲么？她一定是爱先生的。这样我的母亲和先生的母亲是好朋友了。所以先生必要收母亲的朋友的儿子的东西。

禄儿叩上

　　何彬看完了，捧着花儿，回到床前，什么定力都尽了，不禁呜呜咽咽的痛哭起来。

　　清香还在，母亲走了！窗内窗外，互相辉映的，只有月光，星光，泪光。

　　早晨程姥姥进来的时候，只见何彬都穿着好了，帽儿戴得很低，背着脸站在窗前。程姥姥陪笑着问他用不用点心，他摇了摇头。——车也来了，箱子也都搬下去了，何彬泪痕满面，静默无声的谢了谢程姥姥，提着一篮的花儿，遂从此上车走了。

　　禄儿站在程姥姥的旁边，两个人的脸上，都堆着惊讶的颜色。看着车尘远了，程姥姥才回头对禄儿说："你去把那间空屋子收拾收拾，再锁上门罢，钥匙在门上呢。"

　　屋里空洞洞的，床上却放着一张纸写着：

小朋友禄儿：

我先要深深的向你谢罪，我的恩德，就是我的罪恶。你说你要报答我，我还不知道我应当怎样的报答你呢！

你深夜的呻吟，使我想起了许多的往事。头一件就是我的母亲，她的爱可以使我止水似的感情，重要荡漾起来。我这十几年来，错认了世界是虚空的，人生是无意识的，爱和怜悯都是恶的，我给你那医药费，里面不含着丝毫的爱和怜悯，不过是拒绝你的呻吟，拒绝我的母亲，拒绝了宇宙和人生，拒绝了爱和怜悯。上帝呵！这是什么念头呵！

我再深深的感谢你从天真里指示我的那几句话。小朋友呵！不错的，世界上的母亲和母亲都是好朋友，世界上的儿子和儿子也都是好朋友，都是互相牵连，不是互相遗弃的。

你送给我那一篮花之先，我母亲已经先来了。她带了你的爱来感动我。我必不忘记你的花和你的爱，也请你不要忘了，你的花和你的爱，是借着你朋友的母亲带了来的！

我是冒罪丛过的，我是空无所有的，更没有东西配送给你。——然而这时伴着我的，却有悔罪的泪光，半弦的月光，灿烂的星光。宇宙间只有他们是纯洁无疵的。我要用一缕柔丝，将泪珠儿穿起，系在弦月的两端，摘下满天的星儿来盛在弦月的圆凹里，不也是一篮金黄色的花儿么？他的香气，就是悔罪的人呼吁的言词，请你收了罢。只有这一篮花配送给你！

天已明了，我要走了。没有别的话说了，我只感谢你，小朋友，再见！再见！世界上的儿子和儿子都是好朋友，我们永远是牵连着呵！

何彬草

　　我写了这一大段，你未必都认得都懂得；然而你也用不着都懂得，因为你懂得的，比我多得多了！又及。

　　"他送给我的那一篮花儿呢？"禄儿仰着黑胖的脸儿，呆呆的望着天上。

海　上

　　谁曾在阴沉微雨的早晨，独自飘浮在岩石下面的一个小船上的，就要感出宇宙的静默凄黯的美。

　　岩石和海，都被阴雾笼盖得白蒙蒙的，海浪仍旧缓进缓退的，洗那岩石。这小船儿好似海鸥一般，随着拍浮。这浓雾的海上，充满了沉郁，无聊——全世界也似乎和它都没有干涉，只有我管领了这静默凄黯的美。

　　两只桨平放在船舷上一条铁索将这小船系在岩边，我一个人坐在上面，倒也丝毫没有惧怕——纵然随水飘了去，父亲还会将我找回来。

　　微尘般的雾点，不时的随着微风扑到身上来，润湿得很。我从船的这边，扶着又走到那边，瞭望着，父亲一定要来找我的，我们就要划到海上去。

　　沙上一阵脚步响，一个渔夫，老得很，左手提着筐子，右手拄着竿子，走着便近了。

雨也不怕，雾也不怕，随水飘了去也不怕。我只怕这老渔夫，他是会诓哄小孩子，去卖了买酒喝的。——下去罢，他正坐在海边上；不去罢，他要是捉住我呢；我怕极了，只坚坐在船头上，用目光逼住他。

他渐渐抬起头来了，他看见我了，他走过来了；我忽然站起来，扶着船舷，要往岸上跳。

"姑娘呵！不要怕我，不要跳——海水是会淹死人的。"

我止住了，只见那晶莹的眼泪，落在他枯皱的脸上；我又坐下，两手握紧了看着他。

"我有一个女儿——淹死在海里了，我一看见小孩子在船上玩，我心就要……"

我只看着他——他用袖子擦了擦眼泪，却又不言语。

深黑的军服，袖子上几圈的金线，呀！父亲来了，这里除了他没别人袖子上的金线还比他多的——果然是父亲来了。

"你这孩子，阴天还出来做什么！海面上不是玩的去处！"我仍旧笑着跳着，攀着父亲的手。他斥责中含有慈爱的言词，也和母亲催眠的歌，一样的温煦。

"爹爹，上来，坐稳了罢，那老头儿的女儿是掉在海里淹死了的。"父亲一面上了船，一面望了望那老头儿。

父亲说："老头儿，这海边是没有大鱼的，你何不……"

他从沉思里，回过头来，看见父亲，连忙站起来，一面说："先生，我知道的，我不愿意再到海面上去了。"

父亲说："也是，你太老了，海面上不稳当。"

他说："不是不稳当——我的女儿死在海里了，我不忍再到她死的地方。"

我倚在父亲身畔，我想："假如我掉在海里死了，我父亲也要抛弃了他的职务，永远不到海面上来么？"

渔人又说："这个小姑娘，是先生的……"父亲笑说："是的，是我的女儿。"

渔人嗫嚅着说："究竟小孩子不要在海面上玩，有时会有危险的。"

我说："你刚才不是说你的女儿……"父亲立刻止住我，然而渔人已经听见了。

他微微的叹了一声："是呵！我的女儿死了三十年了，我只恨我当初为何带她到海上来。——她死的时候刚八岁，已经是十分的美丽聪明了，我们村里的人都夸我有福气，说龙女降生在我们家里了；我们自己却疑惑着；果然她只送给我们些眼泪，不是福气，真不是福气呵！"

父亲和我都静默着，望着他。

"她只爱海，整天里坐在家门口看海，不时的求我带她到海上来，她说海是她的家，果然海是她永久的家。——三十年前的一日，她母亲回娘家去，夜晚的时候，我要去打鱼了，她不肯一个人在家里，一定要跟我去。我说海上不是玩的去处，她只笑着，缠磨着我，我拗她不过，只得依了她，她在海面上乐极了。"

他停了一会儿——雾点渐渐的大了，海面上越发的阴沉起来。

"船旁点着一盏灯，她白衣如雪，攀着帆索，站在船头，凝望着，不时的回头看着我，现出喜乐的微笑。——我刚一转身，灯影里一声水响，她……她滑下去了。可怜呵！我至终没有找回她来。她是龙女，她回到她的家里去了。"

父亲面色沉寂着，嘱咐我说："坐着不要动。孩子！他刚才所说的，你听见了没有？"一面自己下了船，走向那在岩石后面呜咽的渔人。浓雾里，她的父亲，和我的父亲都看不分明。

要是他忘不下他的女儿，海边和海面却差不了多远呵！怎么海边就可以来，海面上就不可以去呢？

要是他忘得下他的女儿，怎么三十年前的事，提起来还伤心呢？

人要是回到永久的家里去的时候，父亲就不能找他回来么？

我不明白，我至终不明白。——雾点渐渐的大了，海面上越发的阴沉起来。

谁曾在阴沉微雨的早晨，独自飘浮在小船上面？——这浓雾的海上，充满了沉郁无聊，全世界也似乎和它都没有干涉，只有我管领了这静默黯凄的美。——

爱的实现

　　诗人静伯到这里来消夏，已经是好几次了。这起伏不断的远山，和澄蓝的海水，是最幽雅不过的。他每年夏日带了一年中积蓄的资料来，在此完成他的杰作。

　　现在他所要开始著作的一篇长文，题目是《爱的实现》。他每日早起，坐在藤萝垂拂的廊子上，握着笔，伸着纸。浓阴（荫）之下，不时的有嗡嗡的蜜蜂，和花瓣，落到纸上，他从沉思里微笑着用笔尖挑开去。矮墙外起伏不定的漾着微波。骄阳下的蝉声，一阵阵的叫着。这些声音，都缓缓的引出他的思潮，催他慢慢的往下写。

　　沙地上索索的脚步声音，无意中使他抬起头来。只见矮墙边一堆浓黑的头发，系着粉红色的绫结儿，走着跳着就过去了。后面跟着的却只听见笑声，看不见人影。

　　他又低下头去写他的字，笔尖儿移动得很快。他似乎觉得思想加倍的活泼，文字也加倍的有力，能以表现出自己心里无限的爱的意思——

一段写完了，还只管沉默的微笑的想。——海波中，微风里，漾着隐现的浓黑的发儿，欢笑的人影。

金色的夕阳，照得山头一片的深紫，沙上却仍盖着矗立的山影。潮水下去了，石子还是润明的。诗人从屋里出来，拂了拂桌子，又要做他下午的功课。

笑声又来了，诗人拿着笔站了起来。墙外走着两个孩子；那女孩子挽着他弟弟的头儿，两个人的头发和腮颊，一般的浓黑绯红，笑窝儿也一般的深浅。脚步细碎的走着。走得远了，还看得见那女孩子雪白的臂儿，和他弟弟背在颈后的帽子，从白石道上斜刺里穿到树荫中去了。

诗人又坐下，很轻快的写下去，他写了一段笔歌墨舞的《爱的实现》。

晚风里，天色模糊了。诗人卷起纸来，走下廊子，站在墙儿外。沙上还留着余热。石道尽处的树荫中，似乎还隐现着雪白的臂儿和飘扬的帽带。

他天天清早和黄昏，必要看见这两个孩子。他们走到这里，也不停留，只跳着走的过去。诗人也不叫唤他，只寂默的望着他们，来了，过去了，再低下头去，蕴含着无限的活泼欢欣，去写他的《爱的实现》。

时候将到了，他就不知不觉的倾耳等候那细碎的足音，活泼的笑声。从偶然到了愿望——热烈的愿望。

四五天过去了，他觉得若没有这两个孩子，他的文思便迟滞了，有时竟写不下去。

他们是海潮般的进退。有恒的，按时的，在他们不知不觉之中，指引了这作家的思路。

这篇著作要脱稿了，只剩下末尾的一段收束。

早晨是微阴的天，阳光从云隙里漏将出来。他今天不想写了，只坐在廊下休息。渐渐的天又开了。两个孩子举着伞，从墙外过去。

傍晚忽然黑云堆积起来，风起了。一闪一闪的电光，穿透浓云，接着雷声隆隆的在空中鼓荡。海波儿小山般彼此推拥着，白沫几乎侵到栏边来。他便进到屋里去，关上门，捻亮了灯。尢聊中打开了稿纸，从头看了看，便坐下，要在今晚完成这篇《爱的实现》。——一刹那顷忽然想起了那两个活泼玲珑的孩子。

他站起来了，皱着眉在屋里走来走去。又扶着椅背站着，"早晨他们是过去了，难道这风雨的晚上，还看得见他们回来么？他们和《爱的实现》有什么……难道终竟写不下去？"他转过去，果决的坐下，伸好了纸，拿起笔来——他只用笔微微的敲着墨盒出神。

窗外的雨声，越发的大了。檐上好似走马一般。雨珠儿繁杂的打着窗上的玻璃，风吹着湿透的树枝儿，带着密叶，横扫廊外的栏杆，簌簌乱响。他迟疑着看一看表，时候还没有到，他觉得似乎还有一线的希望。便站起来，披上雨衣，开了门，走将出去。

雨点迎面打来，风脚迎面吹来，门也关不上了。他低下头，便走入风雨里，湿软的泥泞，没过了他的脚面，他一直走去，靠着墙儿站着。从沉黑中望着他们的去路。风是冷的，雨是凉的，然而他心中热烈的愿望，竟能抵抗一切，使他坚凝的立在风雨之下。

一匝的大雨过去了，树儿也稳定了。那电光还不住的在漆黑的天空中，画出光明的符咒，一闪一闪的映得树叶儿上新绿照眼。——忽然听得后面笑声来了，回过头来，电光里，矮矮的一团黑影，转过墙隅来。再看时又隐过去了。他依旧背着风站着。

第二匝大雨来了，海波蒙蒙，他手足淋得冰冷，不能再等候了，只得绕进墙儿，跳上台阶来，拭干了脸上的水珠儿。——只见自己的门开着，门外张着一把湿透的伞。

往里看时，灯光之下，书桌对面的摇椅上，睡着两个梦里微笑的孩子。女孩儿雪白的左臂，垂在椅外，右臂却作了弟弟的枕头，散拂的发儿，也罩在弟弟的脸上，绫花已经落在椅边。她弟弟斜靠着她的肩，短衣下露出肥白的小腿。在这惊风暴雨的声中，安稳的睡着。屋里一切如故。只是桌上那一卷稿纸，却被风吹得散乱着落在地下。

他迷惘失神里，一声儿不响。脱下了雨衣，擦了擦鞋，蹑着脚走进来。拾起地上的稿纸，卷着握在手里，背着臂儿，凝注着这两个梦里微笑的孩子。

这时他思潮重复奔涌，略不迟疑的回到桌上，捡出最后的那一张纸来，笔不停挥的写下去。

雨声又渐渐的住了，灯影下两个孩子欠伸着醒了过来。满屋的书，一个写字的人，怎么到这里来了？避着雨怎样就睡着了？惺忪的星眼对看着。怔了一会，慢慢的下了椅子，走出门外。拿起伞来从滴沥的雨声中，并肩走了。

外边却是泥泞黑暗，凉气逼人。——诗人看着他们自来自去，却依旧一声儿不响。只无意识的在已经完成的稿子后面，纵横着写了无数的爱的实现。

烦　闷

　　几声晨兴的钟，把他从疲乏的浓睡中唤醒。他还在神志朦胧的时候，已似乎深深的觉得抑郁烦躁。推开枕头，枕着左臂，闭目思索了一会，又似乎没有什么事情，可以使他不痛快。这时廊外同学来往的脚步声，已经繁杂了，他只得无聊地披衣起来；一边理着桌上散乱的书，一边呆呆地想着。

　　盥漱刚完，餐铃响了，他偏不吃饭去；夹着书，走到课室，站在炉边。从窗户里看同学们纷纷的向着餐室走，他的问题又起了："到底是吃饭为活着，还是活着为吃饭？一生的大事，就是吃饭么？假如人可以不吃饭，岂不可以少生许多的是非，少犯许多的罪恶么？但是……"他的思想引到无尽处，不禁拿起铅笔来，在本子上画来画去的出神。

　　不知站了多少时候，忽地觉得有人推门进来。回头看时，正是同班友可济和西真，也一块儿夹着书来了，看见他都问："你怎么不吃饭去？"他微笑着摇一摇头。他们见他这般光景，就也不说什么；在炉旁站了一会，便去坐下，谈论起别的事来。

　　要在别日也许他也和他们一块儿说去，今天他只不言语，从背后呆呆的看着他们。他想："西真这孩子很聪明，只是总不肯用一用思想——其实用思想又有什么用处，只多些烦恼，不如浑化些好。"又想："可济昨天对我批评了半天西真，说他不体恤人，要一辈子不理他。今天又和他好起来，也许又有什么求他的事，也未可知。总之人生只谋的是自己的利益，朋友的爱和仇，也只是以此为转移——世间没有真正的是非，人类没有确定的心性。"又想："可济的哥哥前几天写信来叫我做些稿了，还没有工夫覆他，他哥哥……"这时同学愈来愈多，他的思潮被打断，便拿起书来，自去坐下。

　　他很喜欢哲学，但今日却无心听讲，只望着窗外的枯枝残雪。偶然听得一两句："唯物派说心即是物——世界上的一切现象，只是无目的的力与物的相遇。"这似乎和他这些日子所认可的相同，便收回心来，抬头看着壁上的花纹，一面听着。一会儿教授讲完了，便征求学生的意见和问题，他只默然无语。他想："哲学问题没有人能以完全解答，问了又有什么结果；只空耗些光阴。"

　　一点钟匆匆过去了，他无精打采的随着众人出来。

　　回到屋里，放下书，走了几转，便坐下；无聊的拿出纸笔，要写信给他姊姊。这是他烦闷时的习惯，不是沉思，就是乱写。

　　亲爱的姊姊：

　　　我今天又起了烦闷了，你知道这里的天气么？阴冷，黯淡，更将我的心情，冷淡入无何有之乡了。

　　你莫又要笑我，我的思潮是起落无恒。和我交浅的人，总觉得我是活泼的，有说有笑的，我也自觉我是动的不是静的。然而我喜玄想，想到上天入地。更不时的起烦闷，不但在寂寞时，在热闹场中也是如此。姊姊呵！这是为什么呢？是遗传么？有我的时候，勇敢的父亲，正在烈风大雪的海上，高唱那"祈战死"之歌，在枪林炮雨之下，和敌人奋斗。年轻的母亲，因此长日忧虑。也许为着这影响，那忧郁的芽儿，便深深的种在我最初的心情里了。为环境么？有生以来，十二年荒凉落漠的海隅生活，看着渺茫无际的海天，听着清晨深夜的喇叭，这时正是汤琵琶所说的"儿无所悲也，心自凄动耳"的境象了。像我们那时的——现在也是如此——年纪和家庭，哪能起什么身世之感？然而幼稚的心，哪经得几番凄动，久而久之，便做成习惯了。

　　可恨那海隅生活，使我独学无友，只得和书籍亲近。更可恨我们那个先生，只教授我些文学作品，偏偏我又极好他。终日里对着百问不答神秘的"自然"，替古人感怀忧世。再后虽然离开了环境的逼迫，然而已经是先入为主，难以救药了。

　　我又过了八年城市的学校生活，这生活也有五六年之久，使我快乐迷眩，但渐渐的又退回了。我的同学虽然很多，却没有一个可与谈话的朋友。他们虽然不和我太亲密，却也不斥我为怪诞，因为我同他们只说的是口里的话，不说心里的话。我的朋友的范围，现在不只在校内了。我在海隅的时候，只知道的是书上的人物，现在我已经知道些人物上的人物。姊姊呵！罪过的很！我对于这些人物，由钦美而模仿，由模仿而疑惧，由疑惧而轻蔑。总而言之，我一步一步的走近社会，同时使我一天一天的看不起人！

不往下再说了，自此而止罢。姊姊呵，前途怎样办呢？奋斗么？奋斗就是磨灭真性的别名，结果我和他们一样。不奋斗么？何处是我的归宿？随波逐流，听其自然，到哪里是哪里，我又不甘这样飘泊！

因此我常常烦闷忧郁，我似乎已经窥探了社会之谜。我烦闷的原因，还不止此，往往无端着恼。连我自己也奇怪，只得归原于遗传和环境。但无论是遗传，是环境；已的确做成了我这么一个深忧沉思的人。

姊姊，我傲岸的性情，至终不能磨灭呵！我能咬着牙慰安人，却不能受人的慰安。人说我具有冷的理性，我也自承认是冷的理性。这时谁是我的慰安，谁配慰安我呢？姊姊呵！我的眼泪，不能在你面前掩盖，我的叹息，不能在你耳中隐瞒。亲爱的姊姊，"善美的安琪儿"——你真不愧你的朋友和同学们赠你的这个徽号——只有你能慰安我，也只有我配受你的慰安。你虽不能壅塞我眼泪的泉源，你却能遏止这泉流的奔涌。姊姊呵！你虽不和我是一样的遗传，却也和我是一样的环境，怎么你就那样的温柔，勇决，聪明，喜乐呢？——虽人家也说你冷静，但相形之下，和我已相差天地了——我思想的历史中的变迁和倾向，至少要有你十分之九的导力。我已经觉得是极力的模仿你，但一离开你，我又失了自觉。就如今年夏天，我心灵中觉得时时有喜乐，假期一过，却又走失了。姊姊，善美的姊姊！飘流在觉悟海中——或是堕落海中，也未可知——的弟弟，急待你的援手呵！

年假近了，切望你回来，虽然笔谈比面谈有时反真切，反彻底，然而冬夜围炉，也是人生较快乐的事，不过却难为你走那风雪的长途。小弟弟也盼望你回来，上礼拜我回家去的时候，他还嘱咐我——他决不能像我，也似乎不很像你，他是更活泼爽畅的孩子。我有时想，他还小呢，十岁的年纪，自然是天真烂漫的。但无论如何，决不至于像我。上帝祝福他！只叫他永远像你，就是我的祷祝了。

姊姊！风愈紧了，雪花也飘来了。我随手拿起笔来，竟写了六张信纸，无端又耗费了你五分钟看信的工夫，请你饶恕我。亲爱的姊姊，再见罢！

你忧闷的弟弟

匆匆的写完了，便从头看了一遍，慢慢的叠起来。自己挪到炉边坐着，深思了一会，又回来，重新在信后注了几句：

姊姊！你看了信，千万不必过分的为我难过。我的思潮起落太无恒，也许明天就行所无事了。我不愿意以无端的事，不快了我，又不快了你。

注完便封了口，放在桌上。——其实这信，他姊姊未必能够看见；他烦闷时就写信，写完，自己看几遍，临到付邮的时候，说不定一刹那顷，他脑子里转一个弯儿，便烧了撕了。他不愿意人受他思想的影响，更不愿意示弱，使人知道他是这样的受环境的逼迫。横竖写了，他精神中的痛苦，已经发泄，不寄也没有什么，只是空耗了无数的光阴和纸笔。

　　这时场院里同学欢笑奔走的声音，又散满了，已经到了上午下课的时候。他觉得饿了，便出来自己先走到餐室里。一会儿同学们也来了，一个个冻红着脸，搓着手，聚在炉边谈话。可济回头看见他，便问："这两点钟没课，你做什么来着？"他说："没做什么，只写了几封信。"可济说："正是呢，我哥哥等着你的回信，千万别忘了。"他点一点头。

　　饭后走了出来，大地上已经白茫茫的了，空中的雪片，兀自飘舞。正走着，西真从后面赶上说："今大下午四点的委员会，你千万要到。"他便站住了说："我正要告诉你呢，今天是礼拜六，昨天我弟弟就写信叫我早些回去，大概是有点事。今天就请你替我主席罢，我已经告了假了。"西真道："你又来，哪能有这样凑巧的事。你若不去，他们又该说你了；办事自然是难的，但你这人也未免太……"他沉下脸来说："太什么？"西真咽住了笑道："没有什么，不过我劝你总是到了好。"他低下头走着，半天不言语，一会儿便冷笑道："我也看破了。每人都耍弄聪明，我何苦白操这一番心？做来做去，总是这么一回事。什么公益？什么服务？我劝大家都不必做这梦了。撒手一去，倒可以释放无数劳苦的众生。其实我也不用说别人，我深深的自己承认，我便是罪恶的魁首，魔鬼的头儿。"西真听了，也不说什么。这时已经走到他屋门口，他又说："其实——我倒不是为这个，我今天真有点事，请你千万代劳；全权交给你了，不必再征求我的意见。"西真迟疑了一会说："也好。"他便点一点头进去了。

　　到了屋里，百无聊赖，从冻结的玻璃窗里，往外看着模糊的雪景，渐渐的困倦上来；和衣倒下，用手绢盖上脸，仿佛入梦。

不一会儿又醒了，倒在床上呆想，心中更加烦躁，便起来想回家去。忽然忆起可辉的信未覆，不如写了再走，拿起笔来，却先成了一篇短文字：

青年人的危机：

青年人一步一步的走进社会，他逐渐的看破"社会之谜"。使他平日对于社会的钦慕敬礼，渐渐的云消雾灭，渐渐的看不起人。

社会上的一切现象，原是只可远观的。青年人当初太看得起社会，自己想像的兴味，也太浓厚；到了如今，他只有悲观，只有冷笑。他心烦意乱，似乎要往自杀的道上走。

原来一切都只是这般如此，说破不值一钱。

他当初以为好的，以为百蹴不能至的，原来也只是如此。——这时他无有了敬礼的标准，无有了希望的目的；只剩他自己独往独来，孤寂凄凉的在这虚伪痛苦的世界中翻转。

他由看不起人，渐渐的没了他"爱"的本能，渐渐的和人类绝了来往；视一切友谊，若有若无，可有可无。

这是极大的危险不是？我要问作青年人环境的社会！

一方面他只有苦心孤诣的倾向自然。——但是宇宙是无穷的，蕴含着无限的神秘，沉静的对着他。他有限的精神和思路，对此是绝无探索了解的希望。他只有低徊，只有赞叹，只有那渺渺茫茫无补太空的奇怪情绪。

两种心理，将青年人悬将起来，悬在天上人间的中段。

这是极大的危险不是？青年要问宇宙，也要问自己。

青年自己何尝不能为人生和宇宙，作种种完满的解答？但理论是一件事，实践又是一件事。他说得来却做不到，他至终仍是悬着。

这两方面，又何尝不可以"不解之解"解决了？但青年人不能升天，不甘入地；除非有一方面能完完全全的来适应他。

宇宙终古是神秘的；但社会又何妨稍稍的解除虚伪和痛苦，使一切的青年人不至于不着边际？

极大的危险，已经临到了，青年自己明明白白地知道——

他一口气写完了，看了一遍，放在旁边。找出可辉的信来，呆呆的看着，半天，很昏乱的拿起笔来，又写：

可辉兄：

前几天从令弟处转到你的信；你的诗月夜，也拜读了，很好。我也是极喜欢月夜的，我经历过的海上和山中的月夜，那美景恐怕你还没有遇见过。但我总觉得月夜不如星夜；月夜的感觉散漫，不如星夜那般深沉。灿烂的繁星，衬着深蓝的夜色，那幽深静远的太空，真使人微叹，使人深思，使人神游物外呵！我有时对着无星的月夜，恨不得将心灵的利斧，敲碎月明，幻作万千星辰，叫他和着风中的密叶繁枝，颂赞这"自然"的神秘。你也曾有这种的幻想么？

　　论到文学创作问题，天才以外的人，自然总不如天才的创作那般容易。——这容易不是多少的问题——因为见得到是一件事，写得出又是一件事。天才的观察，也许和别人一般，只是他能描写得非常的自然，非常的深刻，便显得高人一着。不过将创作文学的责任，交付天才，也有一件危险。他们的秉赋不同，感觉从他脑中渗过的时候，往往带着极浓厚的特具的色彩，乐便乐到极处，悲也悲到极处。愈写得动人，愈引导阅者趋向他偏窄的思路上去，他所描写的对象，就未免模糊颠倒了。至此牵连到文学材料问题，我又起怪想了，宇宙中一切的物事，在在都是可描写的；无论在山村，在都市，只要有一秒钟寂静的工夫，坐下想一想，站住看一看，我们的四周，就充满了结构非常精密的文学材料，又何用四处寻求呢？我主张与其由一两个人——无论是否天才——来描写，不如由大家同来实地观察，各人得着自己的需要。一两个人的感觉和文字，怎能写尽这些神秘，没的玷辱隐没了这无限的"自然"！

　　文坛上真寂寞呵！我不信拿这些现时的文学界中人的人格，就足以支撑我们现代的文学界，然而他们的确已这样的支撑了，真是——我也知止了，忏悔了。然而古往今来，其实也都是如此，古文学家或者还不如今，不过我们看不见，便只有盲从赞叹。何必多说？世界上原只是滑稽，原只是虚伪。古人欺哄今人，今人又欺哄后人，历史中也尽是一脉相延的欺哄的文字。

　　说到这里，我又想起你说我的话。你说我只能影响别人，却不能受人的影响。你太把我看重了！我哪里有影响人的力量？至于我受人的影响，是的确不少，你不理会就是了。你又劝我不要太往悲观里思想，我看这个不成问题，我近来的思想几乎瞬息万变。告诉你一个笑话，我现在完全的赞同唯物派的学说。几乎将从前的主张推翻了。不过我至终不承认我昨日的主张，以至今日的，明日的，也是如此。我年纪太轻，阅历太浅，读的书也太少。人生观还没有确定，偶然有些偏于忧郁的言谈和文字，也不过是受一时心境的影响和环境的感触，不至于长久如此的，而且如不从文字方面观察，我就不是悲观的我。因此我从来不以思想的变迁为意，任这过渡时代的思潮，自由奔放，无论是深悲是极乐，我都听其自然。时代过了，人生观确定了，自然有个结果。请你放心罢，我是不须人的慰安的，谢谢你。

"作稿问题"，我真太羞赧了，我不愿意再提——附上一篇，是刚才乱写的，不过请你看一看——这便是末一次。因为我愈轻看人，愈拿着描写"自然"不当做神圣的事：结果是我自己堕落，"自然"自杀。我不想再做了，不如听"自然"自己明明白白地呈露在每个渔夫农妇的心中，覆盖了无知无识的灵魂，舒展了无尽无边的美。

到此还有什么可说的呢？——你所爱的孩子，我的小弟弟，活泼胜常，可以告慰。

雪中的天色，已经昏暗了，我要回家去，归途中迎面的朔风，也许和你楼旁的河水相应答。何不将心灵交托给这无界限的天籁，来替我们对语？

你的朋友

匆匆的写完，和那篇稿子一块儿封了起来。又从桌上拿起给姊姊的信来，一同放在袋里。检出几本书，穿上外衣，戴上帽子，匆匆的又走出来，一眼望见西真和几个同学，都站在"会议室"的门口目送着他。

街上只有朔风吹着雪片，和那车轮压着雪地轧轧的细响。路灯已经明了，一排儿繁星般平列着；灯下却没有多少行人，只听得归巢的寒鸦，一声声的叫噪。他坐在车上想："当初未有生物的时候，大地上也下雪么？倘若有雪，那才是洁白无际，未经践踏，任它结冰化水，都是不染微瑕的。"又想："只有'家'是人生的安慰，人生的快乐么？可怜呵！雪冷风寒，人人都奔走向自己暂时的归宿。那些无家的人又将如何？——永久的家又在哪里？"他愈想愈远，竟然忘却寒风吹面。忽然车停了，他知道已经到家了。

走进门去，穿过甬路，看见餐室里只有微微的光，心想父亲或者不在家。他先走上楼去，捻亮了电灯，放下书，脱了外衣，又走下来。

轻轻的推开门，屋里很黑暗，却有暖香扑面。母亲坐在温榻上，对着炉火，正想什么呢。弟弟头枕在母亲的膝上，脚儿放在一边，已经睡着了。跳荡的火光，映着弟弟雪白的脸儿，和母亲扶在他头上的手，都幻作微红的颜色。

这屋里一切都笼盖在寂静里，钟摆和木炭爆发的声音，也可以清清楚楚的听见。光影以外，看不分明；光影以内，只有母亲的温柔的爱，和孩子天真极乐的睡眠。

他站住了，凝望道："人生只要他一辈子是如此！"这时他一天的愁烦，都驱出心头，却涌作爱感之泪，聚在眼底。

母亲已经看见他了；他只得走近来，俯在弟弟的身旁。母亲说：

"你回来了，冷不冷？"他摇一摇头。母亲又说："你姊姊来了一封信，她说……"他抬起头来问道："她说什么？"母亲看着他的脸，问道："你怎么了？"他低下头说："没有什么——"这时他的眼泪，已经滴在弟弟的脸上了。

寂 寞

    小小在课室里考着国文。他心里有事，匆匆的缀完了几个句子，便去交卷。刚递了上去，先生抬头看着他，说："你自己再看一遍有错字没有，还没有放学呢，忙什么的！"他只得回到位上来，眼光注在卷上，却呆呆的出神。

    好容易放学了，赵妈来接他。他一见就问："婶婶和妹妹来了么？"赵妈笑说："来了，快些家去罢，你那妹妹好极了。"他听着便自己向前跑了，赵妈在后面连连的唤他，他只当没听见。

    到家便跑上台阶去，听母亲在屋里唤说："小小快来，见一见婶婶罢。"他掀开竹帘子进去，母亲和一个年轻的妇人一同坐着。他连忙上去鞠了躬，婶婶将他揽在怀里，没有说什么，眼泪却落了下来。母亲便说："让婶婶歇一歇，你先出去和妹妹玩罢，她在后院看鱼呢。"小小便又出来，绕过廊子，看见妹妹穿着一身淡青色的衣裳，一头的黑发散垂着，结着一条很宽的淡青缎带；和赵妈站在鱼缸边，说着话儿。

赵妈推她说："哥哥来了。"她回头一看，便拉着赵妈的手笑着。赵妈说："小小哥！你们一起玩罢，我还有事呢。"小小便过去，赵妈自己走了。

小小说："妹妹，看我这几条鱼好不好？都是后面溪里钓来的。"妹妹只看着他笑着。小小见她不答，也便伏在缸边，各自看鱼，再不说话。

饭桌上母亲，婶婶，和他兄妹两个人，很亲热的说着话儿，妹妹和他也渐渐的熟了。饭后母亲和婶婶在廊外乘凉，小小和妹妹却在屋里玩；小小搬出许多玩具来，灯下两个人玩着。小小的话最多，说说这个，说说那个；妹妹只笑着看着他。

母亲隔窗唤道："你们早些睡罢，明天……"小小忙应道："不要紧的，我考完了书了，明天便放假不上学去了。"妹妹却有了倦意，自己下了椅子，要睡觉去；小小只得也回到屋里——床上他想明天一早和妹妹钓鱼去。

绝早他就起来，赵妈不让他去搅妹妹，他只得在院子里自己玩。一会儿才听得婶婶和母亲在屋里说话，又听得妹妹也起来了，便推门进去。妹妹正站在窗前，婶婶替她梳着头。看见小小进来，婶婶说："小小真是个好学生，起的这样早！"他笑着上前道了晨安。

早饭后两人便要出去。母亲嘱咐小小说："好生照应着妹妹，溪水深了掉下去不是玩的，也小心不要弄湿了衣裳！"小小忙答应着，便和妹妹去了。

开了后门，一道清溪，横在面前；夹溪两行的垂柳，倒影在水里，非常的青翠。两个人先走着，拣着石子，最后便在水边拣一块大石头坐下，谈着话儿。

妹妹说："我们那里没有溪水，开了门只是大街道，许多的车马，走来走去的，晚上满街的电灯，比这里热闹多了，只不如这里凉快。"小小说："我最喜欢热闹；但我在这里好钓鱼，也有螃蟹。秋天看农夫们割麦子，都用大车拉着。夏天的晚上，母亲和我更常常坐在这里树下，听水流和蝉叫。"一面说着，小小便站起来，跳到水中一块大溪石上去。

那石块微微的动摇，妹妹说："小心！要掉下去了。"小小笑道："我不怕，我掉下好几次了。你看我腿上的疤痕。"说着便褪下袜子，指着小腿给妹妹看。妹妹摇头笑说："我怕，我最怕晃摇的东西。在学校里我打秋千都不敢打的太高。"小小说："那自然，你是个女孩子。"妹妹道："那也未必！我的同学都打得很高。她们都不怕。"小小笑道："所以你更是一个怯弱的女孩子了。"妹妹笑了一笑，无话可说。

小小四下里望着，忽然问道："昨天婶婶为什么落泪？"妹妹说："萱哥死了，你不知道么？若不是为母亲尽着难受，我们还不到这里来呢。"小小说："我母亲写信给叔叔，说要接婶婶和你来玩，我听见了——到底萱哥是为什么死的？"妹妹用柳枝轻轻的打着溪水，说："也不知道是什么病，头几天放学回来，还好好的，我们一块儿玩着。后来他晚上睡着便昏迷了，到医院里，不几天就死了。那天母亲从医院里回来，眼睛都红肿了，我才知道的。父亲去把他葬了，回来便把他的东西，都锁了起来，不叫母亲看见——有一天我因为找一本教科书，又翻出来了，母亲哭了，我也哭了半天……"妹妹说到这里，眼圈儿便红了。小小两手放在裤袋里，凝视着她，过了半天，说："不要紧的，我也是你的哥哥。"妹妹微笑说："但你不是我母亲生的，不是我的亲哥哥。"小小无可说，又道："横竖都是一样，你不要难过了！你看那边水上飞着好些蜻蜓，一会儿要下雨了，我捉几个给你玩。"

下午果然下雨，他们只在餐室里，找了好几条长线，两头都系上蜻蜓；放了手，蜻蜓便满屋里飞着，却因彼此牵来扯去的，只飞得不高。妹妹站在椅上，喜得拍手笑了。忽然有一个蜻蜓，飞到妹妹脸上，那端的一个便垂挂在袖子旁边，不住的鼓着翅儿，妹妹吓得只管喊叫。小小却只看着，不住的笑。妹妹急了，自己跳下椅子来。小小连忙上去，替她捉了下来；看妹妹似乎生气，便一面哄着她，一面开了门，扯断了线，把蜻蜓都放了。

一连下了几天的雨，不能出去，小小和妹妹只坐在廊下，看雨又说故事。小小将听过的故事都说完了，自己只得编了一段，想好了，便说："有一个老太太，有两个儿子，小的名叫猪八戒，大的名叫土行孙……"妹妹笑道："不对了，猪八戒没有母亲，他的哥哥不叫什么土行孙，是孙行者，你当我没有听过《西游记》呢！"小小也笑道："我说的这是另一个猪八戒，不是《西游记》上的猪八戒。"妹妹摇头笑道："不用圆谎了，我知道你是胡编的。"小小无聊，便道："那么你说一个我听。"妹妹也想了一会儿，说："从前……从前有一个国王，他有一个女儿，叫雪花公主①，长的非常好看……"小小道："以后有人来害她是不是？"妹妹看着他道："是的，你听见过，我就不说了。"小小忙道："没有听过，我猜着是那样，往下说罢！"妹妹又

———————————

① 今译白雪公主。

说："以后国王的王后死了，又娶了一个王后，名叫……那名字我忘记了……这新王后看雪花公主比自己好看，就生气了，将她送到空山里去，叫一个老太太拿有毒的苹果哄她吃……"小小连忙问："以后有人来救她没有？"妹妹笑道："你别忙——后来也不知道怎样雪花公主也没有死。那国王知道新王后不好，便撵她出去。把雪花公主仍接了回来，大家很快乐的过日子。"妹妹停住了，小小还问："往后呢？"妹妹说："往后就是这样了，没有了。"

小小站了起来，伸一伸腰，说："我听故事，最怕听到快乐的时候，一快乐就完了。每次赵妈说故事，一说到做财主了，或是做官了，就是快完了，真没意思！"妹妹说："故事总是有完的时候，没有不完的——反不如那结局不好的故事，能使我在心里想好几天……"小小忽然想起一段，便说："我有一个说不完的故事——有一个国王……"他张开两臂比着，"盖了一间比天还大的仓房，攒了比天还多的米在里面。有一天有一阵麻雀经过，那麻雀多极了，成群结队的飞着，连太阳都遮住了。他们看见那些米粒，便寻出了一个小孔穴，一只一只的飞进去……"妹妹连忙笑道："我知道了！第一个麻雀进去，衔出一个米粒来；第二个麻雀又进去，又衔出一个米粒来；这样一只一只尽着说，是不是？我听见萱哥说过了。"小小道："是的，编这故事的人真巧，果是一段说不完的。"妹妹说："我就不信！我想比天还多的米，也不过有几万万粒，若黑夜白日不住的说，说几年也就完了。"小小正要答应，屋里母亲唤着，便止住了，一同进去。

夜里的雨更大了，还时时的听见轻雷。小小非常的懊丧：后门的小溪，是好几天没有去了，故事说尽了，家里没有什么好玩的，想来想去，渐渐入梦——梦见带着妹妹，走进很深的树林子里，林中有一个大湖。湖边迎面走来一个白衣的女子，似乎是雪花公主。她手里提着一个大笼子，里面有许多麻雀，正要上前，眼前一亮，便不见了。

开了眼，阳光满室，天晴了，他还不信，起来一看，天青得很，枝上的小鸟不住的叫着；庭中注着很深的雨水，风吹得粼粼的，他心里喜欢，连忙穿起衣裳，匆匆的走出去——梦也忘了。

妹妹自己坐在廊上，揉着眼睛发怔，看见他便笑说："哥哥，天晴了！"小小拍手笑道："可不是！你看院子里这些雨水——我敢下去。"妹妹笑着看他，他便脱鞋和袜子，轻轻的走入水里，一面笑道："凉快极了，只是底下有青苔，滑得很。"他慢慢的跑起来，只听见脚下水响。妹妹走到廊边道："真好玩，我也下去。"小小俯着身子，撩起裤脚，说："你敢你就下来，我们在水里跳圈儿。"妹妹笑着便坐在廊上，刚脱下一只袜子，母亲从屋里出来看见，便道："可了不得！小小，快上来罢，你只管带着妹妹淘气！"妹妹连忙又将袜子穿上。小小却笑着从廊上拿了鞋袜，赤着脚跑到浴室里去。

饭后母亲说大家出去散散心。婶婶只懒懒的，禁不住妹妹和小小的撺掇劝说，只得随同出去。……先到了公园，母亲和婶婶进了一处"售品所"；小小和妹妹却远远的跑开去，在水边看了一会子的浴鸭，又上了小山。雨后的小山和树林都青润极了；山后篱内的野茉莉，开得崭齐，望去好似彩云一般。池里荷花也开遍了，水边系着一只小船。两个人商量着，要上船玩去；正往下走，只见母亲在山下亭中招手叫他。

到了亭前，只见婶婶无力的倚着亭柱坐着，眼中似有泪痕。妹妹连忙走过去，一声儿不响的倚在婶婶怀里。母亲悄声说："我们回去罢，婶婶又不好过了。"小小只得喏喏的随着一同出来。

车上小小轻轻的问:"婶婶为什么又哭了?"母亲道:"婶婶看见我替你买了一顶小草帽,看那式样很好,也想买一顶给萱哥。忽然想起萱哥死了,便又落泪,我们转身就出来了。——你看母亲爱子的心,是何等的深刻!"母亲说着深深的叹了一口气,小小也默然无语。

前面婶婶的车,停在糖果公司门口,婶婶给妹妹买了两瓶糖,又给他两瓶。小小连忙谢了婶婶,自己又买了一瓶香蕉油。妹妹问:"买这个作什么?"小小笑道:"回家做冰激凌去!"

到家婶婶又只懒懒的,妹妹便跟婶婶睡觉去了。小小自己一人跑来跑去,寻出冰激凌的桶子来,预备着明天要做。

黄昏时妹妹醒了,睡得满脸是汗,只说热;母亲打发她洗了澡,又替她洗了头发,小小便拿着一把大扇子,站在廊上用力的替她扇着。妹妹一面撩开拂在脸上的头发,一面笑说:"不要扇了,我觉得冷。"小小道:"如此我们便到门外去,树下有风,吹一会儿就干了。"两个人便出来,坐在树根上。

暮色里,新月挂在柳梢——远远地走来一个绿衣的邮差。小小看见便放下扇子,跑着迎了上去,接过两封信来。妹妹忙问:"谁来的信?"小小看了,道:"一封是父亲的,一封许是叔叔的。你等着,我先送了去。"说着便进门去了。

一转身便又出来;妹妹说:"我父亲来信,一定是要接我们走了。"小小说:"我不知道——你如走了,我一定写信给你,我写着'宋妹妹先生',好不好?"妹妹笑说:"我的学名也不是叫妹妹,而且我最不喜欢人称我'先生',我喜欢人称'女士'。平日父亲从南边来信，都是寄给我，也是称我'女士'。"小小说："那也好，你的学名是什么？"妹妹不答。

小小两手弄着扇子的边儿，说："我父亲到英国去了一年多了，差不多两个礼拜就有一封信，有时好几封信一齐送来。信封上写着外国字，我不认得，但母亲说，上面也都是我的名字。"妹妹道："你为什么不跟伯伯到英国去？"小小摇头道："母亲不去，我也不去。我只爱我的国，又有树，又有水。我不爱英国，他们那里尽是些黄头发蓝眼睛的孩子！"妹妹说："我们的先生常常说，我们也应当爱外国，我想那是合理的。"小小道："你要爱你就爱，横竖我只有一个心，爱了我的国，就没心再去爱别国。"妹妹一面抚着头发，说："一个心也可以分作多少份儿，就如我的一个心，爱了父亲，又爱了母亲，又爱了许多的……"这时小小忽然指着天上说："妹妹！快看！"妹妹止住了，抬头看时，一个很小的星，拖着一片光辉，横过天空，直飞向天末去了。

天渐渐的黑了，他们便进去。搬过两张矮凳子，和一张大椅子，在院子里吃着晚饭。母亲在后面替妹妹通开了头发，松松的编了两个辫子。小小便道："有头发多么麻烦！我天天早起就不用梳头，就是洗头也不费工夫。"妹妹一面吃饭，说："但母亲说头发有一种温柔的美。"小小点头说："也是，不过我这样子，即或是有头发，也不美的。"说得姊姊也笑了。

第二天早起，小小便忙着打发赵妈洗那桶子，买冰和盐要做冰激凌。母亲替他们调好了材料，两个人便在院里树下摇着。

小小一会一会的便揭开盖子看看，说："好了！"一看仍是稀的。妹妹笑道："你不要性急，还没有凝上呢，尽着开盖，把盐都漏进去了！"小小又舀出一点来，尝了尝说："没有味儿，太淡了，不如把我的糖，也拿几块来放上。"妹妹说好，于是小小放上好些的橘子糖，又把那一瓶香蕉油都倒了进去。末了又怕太甜了，便又对上些开水。

妹妹扎煞着两只湿手，用袖子拭了脸上的汗，说："热得很，我不摇了！"小小说："等我来，你先坐在一边歇着。"

摇了半天，小小也乏了，便说："一定好了，我们舀出来吃罢。"妹妹便盛了出来，尝了一口，半天不言语。小小也尝着，却问妹妹说："好吃不好吃？"妹妹笑道："不像我们平常吃的那味儿，带点酸又有些咸。"小小放下杯子，拍手笑道："什么酸咸？简直是不好吃！算了罢，送给赵妈吃。"

胡乱的收拾起来，小小用衣襟自己扇着，说："还是钓螃蟹去有意思，我们摇了这半天的冰激凌，也热了，正好树荫底下凉快去。"妹妹便拿了钓竿，挑上了饵，出到门外。小小说："你看那边树下水里那一块大石头，正好坐着，水深也好钓；你如害怕，我扶你过去。"妹妹说："我不怕。"说着便从水边踏着一块一块的石头，扶着钓竿，慢慢的走了上去。

雨后溪水涨了，石上好像小船一般，微风吹着流水，又吹着柳叶。蝉声聒耳。田垄和村舍一望无际。妹妹很快乐，便道："这里真好，我不想回去了！"小小道："这块石头就是我们的国，我做总统，你做兵丁。"妹妹道："我不做兵丁，我不会放枪，也怕那响声。"小小说："那么你做总统，我做兵丁——以后这石头随水飘到大海上去，就另成了一个世界。"妹妹道："那不好，我要母亲，我自己不会梳头。"小小道："不会梳头不要紧,把头发剪了去,和我一样。"妹妹道:"不但为梳头,另一个世界也不能没有母亲,没有了母亲就不成世界。"小小道:"既这样,我也要母亲,但这块石头上容不下。"妹妹站了起来,用钓竿指着说:"我们可以再搬过那一块来……"

上面说着,不提防雨后石上的青苔滑得很,妹妹没有站稳,一交跌了下去。小小赶紧起来拉住,妹妹已坐在水里,钓竿也跌折了。好容易扶着上来,衣裳已经湿透,两个人都吓住了。小小连忙问:"碰着了哪里没有?"妹妹看着手腕说:"这边手上擦去了一块皮!这倒不要紧,只是衣裳都湿了,怎么好?"小小看她惊惶欲涕,便连忙安慰她说:"你别怕,我这里有手巾,你先擦一擦;我们到太阳底下晒着,一会子就干。如回家换去,婶婶一定要说你的。"妹妹想了一想,只得随着他到岸上来。

小小站在树荫下,看妹妹的脸,晒得通红。妹妹说:"我热极,头都昏了。"小小说:"你的衣裳干了没有?"妹妹扶着头便说:"哪能这么快就干了!"小小道:"我回家拿伞去,上面遮着,下面晒着就好了。"妹妹点一点头,小小赶紧又跑了回来。

四下里找不着伞,赵妈看见便说:"小小哥!你找什么?妈妈和婶婶都睡着午觉,你不要乱翻了!"小小只得悄悄的说与赵妈,赵妈惊道:"你出的好主意!晒出病来还了得呢!"说着便连忙出来,抱回妹妹去,找出衣裳来给她换上。摸她额上火热,便冲一杯绿豆汤给她喝了,挑些"解暑丹"给她闻了,抱着她在廊下静静的坐着,一面不住的抱怨着小小。妹妹疲乏的倚在赵妈肩上,说:"不干哥哥的事,是我自己摔下去的。"小小这时只呆着。

晚上妹妹只是吐，也不吃饭。姊姊十分着急。母亲说一定是中了暑，明天一早请大夫去。赵妈没有说什么，小小只自己害怕。——明天早上，妹妹好了出来，小小才放了心。

他们不敢出去了，只在家里玩。将扶着牵牛花的小竹杆儿，都拔了出来，先扎成几面长方的篱子。然后一面一面的合了来，在树下墙阴里，盖了一个小竹棚，也安上个小门。两个人忙了一天，直到上了灯，赵妈催吃晚饭，才放下一齐到屋里来。

母亲笑说："妹妹来，小小可有了伴儿了，连饭也顾不得吃，看明天叔叔来接了妹妹去，你可怎么办？"小小只笑着，桌上两个人还不住的商议作棚子的事。

第二天恰好小小的学校里开了一个"成绩展览会"，早晨先有本校师生的会集，还练习唱校歌。许多同学来找小小，要和他一块儿去。小小惦着要和妹妹盖那棚子，只不肯去，同学一定要拉他去。他只是嘱咐了妹妹几句，又说："午后我就回来，你先把顶子编上。"妹妹答应着，他便和同学去了。

好容易先生们来了，唱过歌，又乱了半天；小小不等开完会，自己就溜了出来。从书店经过，便买了一把绸制的小国旗，兴兴头头的举着。进门就唤："妹妹！我买了国旗来了，我们好插在棚子上……"赵妈从自己屋里出来，笑道："妹妹走了。"小小瞪她一眼，说："你不必哄我！"一面跑上廊去，只见母亲自己坐在窗下写信，小小连忙问："妹妹呢？"母亲放下笔说："早晨叔叔自己来接，十点钟的车，姊姊和妹妹就走了。"小小呆了，说："怎么先头我没听见说？"母亲说："昨晚上不是告诉你了么？前几天叔叔来信，就说已经告了五天的假，要来把家搬到南边去——我也想不到他们走的这么快。妹妹原是不愿意走的，婶婶说日子太短促了，他们还得回去收拾去，我也留他们不住。"小小说："怎么赵妈也不到学校里去叫我回来？"母亲说："那时大家都忙着，谁还想起这些事！"说着仍自去写信。小小站了半天，无话可说，只得自己出来，呆呆的在廊下拿着国旗坐着。

下午小小睡了半天的觉，黄昏才起来；胡乱吃过饭，自己闷闷的坐在灯下——赵妈进来问："我的那把剪刀呢？"小小道："我没有看见！"赵妈说："不是昨天你和妹妹编篱子，拿去剪绳子么？"小小想起来，就说："在那边墙犄角的树枝上挂着呢，你自己去拿罢！"赵妈出去了，母亲便说："也没见你这样的淘气！不论什么东西，拿起来就走。怪道昨天那些牵牛花东倒西歪的，原来竹子都让你拔去了。再淘气连房子还都拆了呢！妹妹走了，你该温习温习功课了，整天里只顾玩，也不是事！"小小满心里惆怅抑郁，正无处着落，听了母亲这一番话，便借此伏在桌上哭了，母亲也不理他。

自己哭了一会，觉得无味，便起来要睡觉去。母亲跟他过来，替他收拾好了，便温和的抚着他说："好好的睡吧，明天早起，我教给你写一封信给妹妹，请她过年再来。"他勉强抑住抽咽答应着，便自己卧下。母亲在床边坐了一会，想他睡着，便捻暗了灯，自己出去。

他重新又坐了起来——窗外好亮的月光呵！照见庭院，照见满地的牵牛花，也照见了墙隅未成功的竹棚。小门还半开着，顶子已经编上了，是妹妹的工作……

他无聊的掩了窗帘，重行卧下。——隐隐地听见屋后溪水的流声淙淙，树叶儿也响着，他想起好些事。枕着手腕……看见自己的睡衣和衾枕，都被月光映得洁白如雪，微风吹来，他不禁又伏在枕上哭了。

这时月也没有了，水也没有了，妹妹也没有了，竹棚也没有了。这一切都不是——只宇宙中寂寞的悲哀，弥漫在他稚弱的心灵里。

一九二二年七月二十四日。

悟

　　这封信，他翻来复（覆）去的足足看了三十遍。他左手支颐，身子斜靠着椅背；灯光之下，一行行的瘦棱棱的字，似乎都从纸上森立了起来。他咬着唇儿沉默有二十分钟，猛然的将这封信照原痕叠起，望桌上一掷，手按着前额，疲缓的站了起来——这时才听得窗外下了一天的秋雨，竟未曾停住。

　　他撩开窗帘一看，树丛下透出凌乱的灯光，光影中衬映出雨丝风片。凝立了片晌，回头又颓然的坐下，不期然的又从桌上拿起那封信来，慢慢的展开，聚精凝神的又读了一遍。

星如兄：

　　屡屡听得朋辈谈到你，大会中的三天，不期遇到你；得接清谈，自谓有幸！

　　新月在天，浪花飞溅之夜，岩上同坐，蒙你恳切的纠正了我的人生哲学。三日的新交，推诚若此，我心中未尝不受极大的感动，然而我的意想，你又岂能了解知道？你是一个生活美满完全的人，一切世界上成问题的事，在你都不成问题。似你这么一个天之骄子，人之娇子，安能不觉得人世如天国！我呢，不到五岁，就亡过了我不幸的母亲；到了十三岁，我的父亲又弃我而逝。从那一年起，我半工半读，受了十年的苦，流离颠沛，在芒刺的世界上度过。如今我是完全孤立的，世上没有一个亲我爱我之人，我的人生哲学，绝不是出于一时之怨愤；二十三年的苦日子，我深深的了解人生！世界是盲触的，人类都石块般的在其中颠簸，往深里说，竟是个剑林刀雨的世界！不知有多少青年，被这纷落的刀剑，刺透了心胸，血肉模糊的死亡呻吟在地上。你不过是一个锋镝余生，是刀剑丛中一个幸免者，怎能以你概括其余的呢？

说到"自然"的慰藉，这完全由于个人的心境。自我看来，世界只是盲触的，大地盲触而生山川，太空盲触而生日月星辰，大气盲触在天为雨雪云霞，在地为林木花草。一切生存的事物，都有他最不幸最痛苦的历史，都经过数千万年的淘汰奋斗。"天地不仁，万物刍狗"，若真以此为慰藉，不知更有若干的感愤了！无数盲触之中，有哪一件是可证明"爱"之一字呢？

不提起人类便罢，提起人类，不知我要迸出若干血泪！制度已定，阶级已深，自私和自利，已牢牢的在大地上立下根基。这些高等动物，不惜以各种卑污的手段，或个人，或团体，或国家，向着这目的鼓励奔走。种种虚伪，种种残忍，"当面输心背面笑，翻手作云覆手雨"，什么互助，什么同情，这一切我都参透了！——天性之爱，我已几乎忘了，我不忍回想这一步——如今我不信一切，否认一切，我所信的只是我自己！

因此，我坚确的信人生只有痛苦，只有眼泪，在无聊赖无目的的求学之中，我也专攻数理，从百，千，万，亿，呆板枯燥的数目中讨生活。我的人生哲学……打开天窗说亮话，不求利益人群，不求造福社会，我只求混一碗饭吃，救自己于饥渴死亡。彻底说，我直是没有人生哲学，我厌恨哲学文艺等等高超玄怪的名词！我信世界上除了一加一是二，二加二是四，是永无差错的天经地义之外；种种文艺哲理，都是泡影空花，自欺欺人的东西！世界上的事物，不用别的话来解释，科学家枯冷的定义，已说尽了一切。

话虽如此，我对你却仍不能不感谢，尤愿你能以你的心灵之火，来燃起我的死灰。——此外有一句枝节的话，前日偶同几位朋友提起我们的谈话；一个朋友笑说："奇怪呢，他只管鼓吹爱的哲学，自己却是一个冷心冷面的人。"又有一个朋友说："他这个人很不容易测度，乍看是活泼坦易，究竟是冷冷落落的。"谈了一会，对于你的了解竟是言人人殊。前几天访你不遇，顺便去探问孝起；在他桌上无意中看见了你的一篇长诗《宁可我爱天下人》，似抒情，似叙事，绝好的题目，而诗中充满了"不可天下人爱我"的意思，词句清丽而词意凝冷，反复吟诵之下，我更不了解你了！原不应这般相问的，不过我仍是从活泼坦易这一方面认得你，或肯以赤子之心相告，祝你快乐！

你的朋友钟梧

他神经完全的错乱了，片晌——勇决的站起，将信折放在袋里，从复室里取了雨衣和毡子，一径的走了出去。

穿过甬道，一个室门开着，灯光之下，案头书纸凌乱，孝起只穿着衬衣，正忙着写字。听见脚声，抬头看见他，停了笔转身问道："外面很大的雨，你要到哪里去？"他站住了，右手扶在门框上，头靠着右臂，无力的说："我么，头痛得很，想出去换一换空气。"孝起道："何至于冒雨而走，多开一会窗户就好了，再不然在廊上小立也好。"他慢慢的穿起雨衣，悄然微笑低头便走。孝起望着他的背影，摇首笑叹道："劝你不听，早晚病了才罢，总是这样幽灵般的行径！"

开了堂门，已觉得雨点扑面，泥泞中他茫然的随着脚踪儿只管走了下去。只觉得经过了几处楼台灯火，又踏着湿软的堆积的落叶……猛抬头，一灯在雨丝中凄颤，水声潺潺，竟已到了湖畔。他如梦方醒："这道不近呵！真是念兹在兹。"原来他又到了一天临照几次的湖上来了！

一时惊悟，又低着头，两手放在衣袋里，凭着远处灯火的微光，曲曲折折的只顾沿着湖岸走。只觉得地下一阵阵的湿冷上来，耳中只听得水声雨声。——忽然觉得从沉黑中，绕进了砌花的短墙，白石的层阶，很清晰的呈现在脚下。一步一步疲缓的走了上去，已进入红瓦红栏的方亭子里。他一声微叹，摘下雨帽，往石桌上一掷，走向亭前，两手紧扶着栏杆。纵目望处，亭下绿绒似的层列的松树，小峰般峭立在蒙蒙的白雾里。湖是完全看不见了，只对岸一星爱的灯光，在雨中闪烁……

他猛忆起刚才的信来，又颓然退坐在石椅上，两手扶着头。那瘦棱的字，又浮现在他的眼前，在幻影中他重读了一遍，他神魂失了依据——他伏在石几上沉沉如睡的过了有几十分钟。

小
桔
灯

　　渐觉得雨声住了，慢慢的睁开眼，忽见一片光明，湖山起舞！惊诧的站了起来，走出亭外，果然的，不知何时云收雨霁，满湖都是月！

　　他凝住了，湖上走过千百回，这般光明的世界，确还是第一次！叠锦般的湖波，漾着溶溶的月。雨过的天空，清寒得碧琉璃一般。湖旁一丛丛带雨的密叶，闪烁向月，璀璨得如同火树银花，地下湿影参差，湖石都清澈的露出水面。……

　　这时他一切的烦恼都忘了，脱下雨衣，带着毡子，从松影掩映中，翻身走下亭子，直到了水畔。他坚凝的立着，看着醉人的湖水，在月下一片柔然无声。他觉得一身浸在大自然里，大上，地下，人间，只此一人，只此一刻。忽然新意奔注入他的心里，他微笑着慢慢的脱下外面的衣服，登立在短墙上，张手向着明月。微微的一阵欢呼，他举臂过顶，燕子般自墙上纵身一跃，掠入水里。

　　柔波中浮沉了数回，便又一跃到水面来；他两臂轻轻的向后划着，在水中徐徐翻转，向着湖心前进。口里悠缓的吹着短歌……湖月临照着，湖树环绕着，山半的亭子，水边的断桥，都悄然的停在凉景之中。湖旁几点灯光仍旧遥遥远射，万籁静寂，只有在他周围的湖波，一片慧光流转。

　　他又慢慢的划转来，仰望天上凉云渐生。脚蹴着了湖岸，便在石上站了起来，走到墙边，将毡子往身上一裹，卧在沙上，凝注天空，默然深思。

　　雨点渐渐又从云中洒来，明月渐渐隐去。……

　　孝起早晨到餐室里，不曾看见他下楼用饭。桌上却有一封他的信，是从国内来的，随手检起。饭后一径上楼来，敲了门进去，只见他盖着毡子半倚的坐在床上，湿乱的短发，垂在额上，双颊飞红，而目光却清澈如水，如有所悟。

　　孝起道："怎么一回事？昨夜直到了十一点半钟，还不见你回来，要去找你，又不知你到底在哪里，我只得先睡下了。这般炯炯的双眸，又这般狼狈，难道你竟在一刻未停的雨中走了一夜？"他微笑道："昨夜十二时至二时之间，明月满天，有谁知道？"孝起惊道："如此你竟是二时以后才回来的了！我早就说了，你早晚病了才罢！"他欠身坐好了，说："我并不觉得怎样，只是微微的发热，头昏口渴，不想起来。"孝起道："依我说竟是到医院里去罢，到底有个完全的照应休息。"他想了一想说："这个倒不必，饭后也许好些，何必为些些小病，又逃几天学！"孝起道："也好，你少歇着罢，我吩咐楼下送饭来，我也就来伴你，你也太娇贵了，一点凉都受不住。"说着已走到门边，看见壁上挂着的绿漆的雨衣上的水，还时时下滴，地下已汪着一大片，不禁回头向他笑吟着，"惨绿衣裳年几许，怎禁风日怎禁雨！"两句，他嗤的笑了，又萧然倚枕，仰天不语。

　　孝起忽然又退了回来，从衣袋中掏出一封信递给他，说："几乎忘了，这里有一封国内的信——好娟秀的字！"他接了过来，喜动颜色，先在封面上反复的看了日月，一面笑道："我算着也该有信了！娟秀么？这字的确比我的好，是我妹妹的笔迹。"孝起没有话说，便走出去，他探身道了一声谢。

　　珍重又急忙的拆开了，砑光笺上浓墨写的又大又扁的字，映到眼里，立时使他起了无限的喜悦。他急急的读，慢慢的想，将这两张纸看完了。

星哥:

　　最爱读你日记式的长信! 我奇怪你哪有工夫写这许多, 但这却大大的慰安了双亲和我。

　　前两天叔叔来了一封信说, 自你去国后, 他只得你一张明片, 他极愿得你的消息。我便将你的来信和诗文, 都寄去给他看, 他回信说: "星侄信叙事极详, 使我喜慰, 惟诗文太无男子气, 去国刚三月, 奈何声哀以思若此?"

　　哥呵! 我不许你再写些恋别的文字了! 你也太柔情了, 自己偏要往凄清中着想, 自作自受, 我不替你可怜。但母亲看到时, 往往伤心, 真是何苦来! 母亲不是你一个人的, 我不许你随便使她受感触!

　　你到底自己怎样? 生活当然适意, 美的环境, 可曾影响了你的思想? ——家中自你行后, 一切都没有更变, 只是少了你一个人, 多了一件事, 就是天天希望得你的长信。双亲和我, 一天念你念到好几遍。我自然觉得寂寞, 又少个人谈笑, 学业上也少得些教益, 只盼这两年光阴, 如飞的过去, 你早早归来, 那时真是合家欢庆。

　　你应许我的琴儿怎样了? 可记着在我的生日以前寄给我!

　　深深的祝你身心安泰。

妹　重阳节

　　他看了又看, 心中思量着"自作自受, 我不替你可怜, 但母亲看到时, 往往伤心, 真是何苦来! "一句话, 不觉深深的叹了一口气, 倚枕支颐呆坐了一会。侍者送进饭来, 他无心的看他来了, 又走了。他又无心的端起水杯来正饮着, 孝起也来了, 一面问: "怎么样? 好一点么？"一面便自己坐下。他沉思着答道："不觉得好，头更沉沉的了，送我到医院去罢。"孝起道："这个最好，但你为何又改了意思了？"他用叉子轻轻的敲着盘子，微笑道："为病的缘故倒不至于。但我要解决一个大问题，打出一个思想的难关，躯壳交给人家照应去，让出全副脑子来思索。"孝起笑着起身道："你又来了，总是思想过度！也罢，你自己收拾，我打电话叫车子送你去。"

看护取出了他口中的寒暑表，放下了窗帘，嘱咐他静静的宁一宁神，便微笑着带上门出去。这时室中沉荫，他觉得脑热如焚，反身取了床边几上的水瓶，满满的饮了一瓶水，才又卧下。闭上眼，耳中只听得千树风生，渐渐的昨夜的月下的湖光，又涌现眼前；他灵魂渐渐宁贴，昏昏沉沉的睡了一大觉。

醒来正是半夜，漆黑里似乎一身在旷野之中，又似在高峰之上，四无依傍，周围充满了阴黑与虚凉。窗外叶上的雨声，依然不止，头已不痛了，只是倦极。他不能思索，只听许多往事，流水般从他脑中过去。迷惘惆怅之中，到了天明，忽然雨止。

赤足起来卷上帘子，卧看朝阳从树梢上来，一片一片的彩霞，鲛绡一般的舒卷。横在窗前的湖水，倦而不流，也似浓睡初醒，惺忪的眼波中，含漾着余梦……

正怅然的看着，医生已推门进来。看护抱着一大束花，和一本书，随在后面。大家向他微笑，医生近前来摸了摸他的前额，问他作了什么辛苦的事，他忸怩的将雨夜游湖的事告诉了。医生看着他笑了一笑，又在空中环视了一周，便点头出去。

这时看护已将花插在瓶里，捧来供在他的床前，接过那张片子来，是孝起写的：

> 这束花带去了几个东西半球朋友的爱！大家都悬挂着你，愿你在院不久。附上《饮水词》一卷，供你消遣。我已告诉医生了，你全愈时给我们一信，大家到院接你！

他重新卧下，拿起书来，且不看着，只对着这无数浓红的花瓣出神。

花香中，他看着淡绿色的墙壁，白漆的床几，一室很简单洁净。太阳慢慢的移过窗棂。他微微觉暖，放下书，掀开一层毡子，坐了起来，用铅笔在一张明片上写几个字：

妹鉴：

> 昨得重阳节来书，极慰！数日内当大忙，或未能作长信，身心均安好，勿挂。

哥草

按了铃交给了看护，从此无言偃卧，至于夜间。

夜中热度又高，看护听见他呜咽呓语。进去一看，只见他头垂在枕旁，梦中泪流满面；唤醒了问时，他只强笑不语，那茫然的眼光，烧红的双脸，都看出他昏热非常。看护默然的退了出去，同医生进来，装了冰袋，放在他的额前，他脑冷心热，昏然的失了知觉。

　　三天的模糊昏热之中，他却一灵不昧。他知道境由心生，便闭了目只当是母亲时时刻刻坐在他的床前，一念牢牢的噙住，到了第四天的早晨，他才完全的清醒了。

　　只觉得同隔世一般，床前堆满了花和信——看护欣然的告诉他，这几天之中他的朋友们怎样不断的探问，他自己怎样的昏沉，如今可是大好了！他也十分喜悦，探身拨了拨几上重叠的信封，忽然中间一行瘦棱棱的字，触了他的眼帘，连忙拿起拆开一看：

　　星如兄：

　　　　一别十日，音问杳然，孝起才函告我，你已病在医院。当下即从镇上赶来，正在你热极之时，看护拒我入见。再三婉商，只从门隙中看你一眼，你睡容清减，而迷惘之中，神气尚完。出院时一路嗟叹，山上走了半天，摘得野花一束，和你床前的浓艳的玫瑰及清丽的菊花，自然比不起；但的确是我自己秋风中辛苦寻来的，愿他代我伴你慰你，看着你早早复原，切祝康健！

　　　　　　　　　　　　　　　　　　　　　　　　钟梧

　　他呆呆的拿着这一张纸，得了永久的胜利似的，簌簌的落下泪来。

　　晚上临睡之前，他忽然悄然的对看护说："推我的床到窗前去罢；也不要放下帘子来，我要看一看星辰。"看护笑着依从了他。

　　病中的心情，本是易感的，他今夜对于天上万静中滴滴的光明，更不能不恋慕赞美。"假如地上没有花朵，天上没有星辰，人类更不知寂寞到什么地步！"他两手交握着放在额上，从头思索。太空穆然，众星知道青年人要在这末一夜的印证，完成了他永久的哲学，都无声的端凝的扬光跃彩……四面繁花的温香，暗中围拂着，他参禅似的，肃然的过了一夜。

出乎意外的，医生告诉他，明天早上便可出院了，他的朋友们预备了一个茶会，却要在今夜来接的。他点首无语，"原该转身出去迎接世界了，而这光明肃静的光阴，何其太短！"

这天的下午，他起来将四面的窗帘都放下了，只留下面湖的一扇，要看晚霞。取出一卷纸，一管笔，拉过椅子来，便坐在窗前。

钟梧兄：

为着你的一封书，我冒雨感病，我住院七天。只是一封书，何至使我如此。然而你的哲学，震撼了我的信仰，读信之下，我进退无依。我本是一个富于悲观思想的人，也曾从厌世主义里，打过转身。近两三年来，才仿佛认出了人生之真意义。无端你的几百字飞来，语语投入我怀疑的心坎。感谢上帝！我以雨中之一走，病中的七日，重重的证实了我原来的与你相反的主义。现在的我，已是旷劫功圆，光灭心死！钟梧兄！待我来与你细细分剖。

我接到你的信，反复沉思了三日，第三日之夜，我无目的的冒雨出走。当时只为寸心如焚，要略略的解除躯壳上的苦痛，不想大自然竟轻轻的从月光中逗露我以造化的爱育！——沉黑的雨中，我上了亭子，我猛望见对岸的一灵不灭的灯光，我如受棒喝！让我来告诉你这灯光的历史罢：湖岸上一个人家，只有母亲和儿子。一夜母亲暴病，这儿子半夜渡湖去请医士，昏黑中竟坠水不返。悲痛欲绝的垂危的母亲，在病榻上立下誓愿，愿世世代代，自那时起，夜夜在她窗口点着一盏灯，指示她儿子以隔湖的归路。不论她的儿子以灵魂，或肉体归来，这一盏灯是永永临照的——这故事已过百年了，我也是一夜游湖，无意中听友人谈到的。这儿子的形骸已沉泥土，母亲的骨髓也已化灰尘；谁知这一盏百年来长明不熄的爱的灯光，竟救了那夜那时，立近悬崖已将坠落的我！

自此起此心定住，又猛觉到一身所在的亭子，也是友谊的爱的纪念建筑——这故事你已知道，我不赘述——这茫茫的世界上，竟随处留下了爱的痕迹！自此我如沉下酒池，如跃入气海，如由死入生，又如由生入死。中夜以后，光景愈奇妙，苦雨之后，忽然明月满天，造物者真切的在我面前，展开了一幅万全的"宇宙的爱"的图画，那夜的湖山，清极，秀极，灿烂极，庄严极，造物者怎知我正在歧路徘徊，特用慧力来导引，使我印证，使我妙悟？因着金字塔，而承认埃及王，因着万里长城，而追思秦皇帝。对于未曾目睹的和我们一般的人物，以他们的工作来印证，尚且深信不疑地赞美了他们的丰功伟烈；何况这清极，秀极，灿烂极，庄严极的宇宙，横在眼前，量我们怎敢说天地是盲触的，没有丝毫造物的意旨？

我游泛于自然的爱里，月明下一片湖山，只我一人管领，我几疑是已羽化登仙。直等到云积雨来，才从沉黑中归去，归途中恍惚如梦。感谢上帝！这一瞥的光明，已抵我九年面壁！

我还不自足，拼却七日读书的光阴，来到此痛苦呻吟的世界里，孝起知我为潜心思索而来，他在送我到此的临行之前，珍重的握我的手说："愿你有大定力！医院中往往使人生烦恼，因为目中所见，耳中所闻，无非呻吟痛苦。"钟梧兄！岂知此中更见出人类的爱！不提起人类便罢，提起人类，使我感泣！如你所说，我是生活美满完全的人，不知人情甘苦。我为着这一层更自十分歉愧，觉得有情溢乎词的苦楚，因为我没有痛苦的经验。慰安你，或评驳你，都不能使你心服。然而即是你的经验，你所谓的二十三年的苦日子，也不能证明人类是不爱的！

先从宇宙说起罢，你说，"天地不仁，万物刍狗"；然而为何宇宙一切生存的事物，经过最不幸最痛苦的历史，不死灭尽绝？天地盲触为何生山川？太空盲触为何生日月星辰？大气盲触为何在天生雨云雪霞，在地生林木花草？无数盲触之中，却怎生流转得这般庄严璀璨？依你说为"盲触"，不如依我说为"化育"。科学家枯冷的定义，只知地层如何生成，星辰如何运转，霜露如何凝结，植物如何开花，如何结果。科学家只知其所当然，而诗人，哲士，宗教家，小孩子，却知其所以然！世界是一串火车，科学家是车上的司机，他只知只顾如何运使机力，载着一切众生，向无限的前途飞走。诗人，哲士，宗教家，小孩子却如同乘客，虽不知如何使这庞然大物不住的前进，而在他们怡然对坐之中，却透彻的了解他们的来途和去路。科学家说了枯冷的定义，便默退拱立；这时诗人，哲士，宗教家，小孩子却含笑向前，合掌叩拜，欢喜赞叹的说："这一切只为着'爱'！"

惭愧我没有什么精深的理解，来燃起你的死灰，我只追根溯源，从我入世的第一步着想，就已点着了熊熊的心灵之火！病中昏沉三日，觉得母亲无一刻离我身旁，不绝的爱丝缠绕之中，钟梧兄，就是从此我深深的承认了世界是爱的，宇宙是大公的，因为无论何人，都有一个深悬极爱他的母亲。

我的环境和你的不同，说别的你或不懂，而童年的母爱的经验，你的却和我的一般。自此推想，你就可了解了世界。茫茫的大地上，岂止人类有母亲？凡一切有知有情，无不有母亲。有了母亲，世上便随处种下了爱的种子。于是溪泉欣欣的流着，小鸟欣欣的唱着，杂花欣欣的开着，野草欣欣的青着，走兽欣欣的奔跃着，人类欣欣的生活着。万物的母亲彼此互爱着；万物的子女，彼此互爱着；同情互助之中，这载着众生的大地，便不住的纡徐前进。懿哉！宇宙间的爱力，从兹千变万化的流转运行了！

这条理，恐怕你也不忍反对。——十岁以前的你，是天真未漓的，十岁以后的你是昏昧堕落的。钟梧兄！我敢如此说！你为着要扶持你的人生哲学，即能使你理论动摇的天性之爱，竟忍心害理不去回想追求，只用"几乎忘了"一语，轻轻遮掩过去。然而你用了万牛回首之力，也只能说到"忘了"两字，不敢直斥为"没有"！可怜的朋友，你已战败了！

固然的，天性之爱，我所身受的，加倍丰富浓厚；而放眼尘世，与我相似的，又岂乏其人？在院的末三日，我凭窗下望，看见许多的父母，姑姨，伯叔，兄弟，姊妹，朋友，来探视他们病中的关切的人。那些病势较重的人的亲属，茫然的趑趄进出。虽然忧喜不一，而死生一发之间，人类不能作丝毫之虚假，爱感于心，如响斯应。我看那焦惶无主的面庞，泪随声堕的样子，更使我遽然惊悟，遍地球上下千万年，人同此心，心同此理，钟梧兄！谁道世界是不爱的！

感谢你的又一封书，系铃解铃。我知道你的人生哲学是枯冷的，又与我只是三日的新交！你便不来，也不为负我。然而你又何必"当下即从镇上赶来"？何必"出院时一路嗟叹"？何必"秋风中辛苦奔走"？你既痛恨虚假的人类，你必不肯也不屑做那"当面输心背面笑，翻手作云覆手雨"的自欺欺人的事。你来时不自知，叹时不自觉。可怜的朋友，我替你说了罢，你纵娇情，却不能泯灭了造物者付与你的对于朋友的爱。

因此，假如世界是盲触的，是不爱的，你于世界有何恩意？便单生你一人在世上，天不降雨露，地不生五谷，洪水猛兽来围困侵逼，山巅地穴去攀走飘流，世界也不为负你。然而你竟安安稳稳的，有工可作，有书可读的过了二十三年。我说这话，不免有残忍的嫌疑。然而你试平心静气的回想，不是世界上随处有爱，随处予人以生路，你的脆弱的血肉之躯，安能从剑林刀雨的世界中，保持至于今日呢？

再退一步，辩论至此，已如短兵相接！纵使世界如你所说，是剑林刀雨淋漓刺人的世界；而因着还有一个锋镝余生的我，便仍旧不能证明他是完全不爱的。一日有我在，一日你的理论便不能成立，我要化身作一根砥柱，屹立在这苦海的乱流中，高歌颂扬这不完全的不爱！

再退一步，已是退无可退，纵使我的理论完全是假的，你的理论完全是真的，为着不忍使众生苦中加苦，也宁可叫你弃你的真来就我的假。不但你我应当如此信，而且要大声疾呼的劝众生如此信。

　　我的朋友！你的理论也不是完全可以弃置的，自私自利的制度阶级，的确已在人类中立下牢固的根基。然而如是种种，均由不爱而来。斩情绝爱，忍心害理的个人，团体，和国家，正鼓励着向这毁灭世界的目的上奔走。而你在迸出血泪之后，仅仅退守饭碗主义，在虚伪残忍的人类中，只图救自己于饥渴死亡，这岂是参透一切的你所应做的卑怯的事！

　　携起手来罢，青年有为的朋友！愿与你一边流迸着血泪，一边肩起爱的旗帜，领着这"当面输心背面笑，翻手作云覆手雨"的人类，在这荆棘遍地的人生道上，走回到开天辟地的第一步上来！

　　我的话到此已尽！你试自向第一步心中去印证，可知是千真万实，没有半句虚假。七日的思想滤过了秋雨滴沥之夜，秋风撼窗之夜，星辰满天之夜，皓月当空之夜，梦影幢幢之夜，对花读信之夜。自问自答，自证自疑，心潮几番涨缩起落，仅而得此，请你不要当作自欺欺人的话语看！

　　现在再来回答你的一句枝节的话，《宁可我爱天下人》是三年前一时有感而作。孝起何时拿去，我竟然不知，以致于显露于你的眼前，这是我极引以为悲惋歉仄的事。那篇不成文字，也更不是诗——是我的不幸，是天下人的不幸——愿你忘了他。至于说对我的了解，竟是言人人殊，那更不足为怪，连我都未曾十分了解我自己。我只是赤子之心，笑啼间作。你既是从活泼坦易方面认得我，就请你从这一方面认识我到底。

　　明天回校去了，盼望不久能和你相见！

星如

这时湖面已漾着霞光——他静沉沉的叠起这几张纸来，放在袋里，眼光直穿出霞外。夕阳要下去了，要从东半球他屋前的树杪上来，照见他的一切亲爱的人！他凝望着天末，明天起要重新忙碌了，他决意在这时把妹妹的信也写完：

妹妹：

　　我病了七天，现在已经全愈，明天便出院了。病中未曾写信，我不愿以目前的小疾，累我的双亲和妹妹，数万里外月余日后的忧思。

　　重读你的信一遍，妹妹！我心已碎。生平厌恶"心碎""肠断"这类被人用滥的名词，而为着直觉，为着贯穿天地的大爱，我不肯违心，不惜破二十年的旧例，今朝用他一遭！

　　诚然，母亲不是我一个人的，往玄里说，也不是我们两个人的，是天下人的。你不许我随便使她受感触，妹妹，我甘作囚人，你为狱吏，我愿屈服于你的权威之下，奉你的话为金科玉律，天经地义！往者不可谏，提起来，我要迸出痛悔的泪，然而又岂是得已！

　　"去国之音哀以思"，叔叔责我太无男子气，我何尝不也觉得羞愧？然而我的去国，不是谴逐，不是放流，是我自己甘心情愿，为求学而去的。白衣如雪的登舟之日，送者皆自崖而返，我不曾流下一滴眼泪！我反复读了叔叔的"去国刚三月"之语，更了解了自己。足见我原不是喜欢写这类文字的，去国以后之音，才哀以思。然而去国之前的我的生活，与去国之后的我的生活，至多只有一两分的更变，所不同的，就是离了双亲。

　　惟其如此，这男子气才抛掷得有价值，才抛掷得对得起天地万物，婴儿上帝。双亲呵！我深幸二十年来，在万事上作刚强的大丈夫，珍重的留下这一段气概，为你们抛掷！

　　为着双亲，失了男子气。妹妹，我愿普天下男子都将这一段气概抛掷了罢！我发这绝叫时，我听得见神灵赞叹，我看得见天地万物，在我足下俯伏低头！

　　虽然是可以剖肝沥胆，究竟如你所说，不应使双亲伤心。我每次写信，总是十分小心谨慎，而真性情如洪水，往往没过我的笔端，我自恨为何自己不能控制！——我要说我想家，写的太真切了，一定使双亲深深的受了激触。要说我不想家，双亲一定不信，或反疑到我不言的幕后，有若干的感伤。几番停笔踌躇，至终反写上些陈陈相因游子思家的套话，我的心从来哪有如此的百转千回过？你只以为我任意挥毫，我的苦心有谁知道？也许只有母亲能够知道罢，我反复地读她的来信，看她前后字句之中，往往矛盾，往往牵强，处处发现了与我同经验的痕迹，自慰慰我的言语中，含蓄着无限凄黯的意绪，最亲密的话，竟说到最漠然的地步。然而，妹妹，究竟彼此都瞒不住，我知母亲，母亲知我——彼此都能推测得到呵！前日病中卧读饮水词，看到"关心芳字浅深难"！及"不禁辛苦况相关"？等句，见得我跳将起来！古人的诗词，深刻处哪有一字虚设？不过应用于天性方面，我却是第一人！

　　在最美的环境之中，时时的怀念最亲爱的人，零碎的抒情文字，便不由自主地络续产生了。凄恻的情绪，从心中移到了纸上，在我固然觉得舒解了蕴结的衷肠。而从纸上移到双亲的心中时，又起了另一番衷肠的蕴结。在聪明正直的妹妹前，我自知罪无可追，我无可言说，从今后，只愿你能容我改过自新！

你也许更要说我太柔情了，怎知和你的信同时放在桌上的一个朋友的信，还说到人家批评我孤冷呢！我难道有二重人格？我只是我，随着人家说去，无论是攻击，是赞扬，我都低头不理。我静默的接受任何种批评，我自以为是谦恭，而夷然不顾的态度中，人家又说我骄傲。然而我并不求人们的谅解！天文家抬头看着天行走，他神移目夺于天上的日月星辰，他看不见听不见人世间的一切，在他茫然仰天的步履之中，或许在人间路上，冲撞践踏了路人，起了路人的怨怼，然而专注的他，又岂……

我应许你的琴儿，自然不至于失约。你的芳辰近了？我祝你在那天晨光晴朗，花香鸟语之中，巾帔飘扬的拜过双亲之后，转身便来开视你万里外的哥哥珍重赠送的礼物！妹妹，我如和你一般具有音乐的天才，则退隐的时间内，更不嫌寂寞了。病中七日，日日不同，夜夜不同，度尽了星月风雨。我心中无限柔静与悲哀的意绪，要托与琴丝。而自去国后，就没有像你的这么一个人，能低头舒腕，在我窗前挥奏！天下家人骨肉的结合，完全的何止千万？而我们的家庭，对于我，似乎特别的自然而奇妙，然而也……只换了"别离"两字！不许再说了，上帝助我！我须挥去额前的幻想，结束了缥缈的生涯，奋然转身，迎接工作……

的确，斜阳已成碧，要再写时也看不见了。他猛然的站起来，左手握着右腕，低头看着几上没有写完的信，似乎想续下去——一转念，下了决心，忽然将手中的一枝金管的笔，激箭似的从窗内掷将出去。自己惊觉时，已自太晚！那枝数年来助他发挥思想的笔儿，在一逝不返的空间路上，闪闪的射出留恋的金光之后，便惊鸿似的无声的飞入湖里，漾起了几圈溶溶的波纹——

他最后的写不出的文字，已宛转萦回的写在水上了！波纹渐渐平了，化入湖水。他仍痴立窗前不动。湖上被碧霞上下遮住的一抹夕阳，作意的粲然凄艳。霞光中，一辆敞篷的汽车，绕着湖岸，对着他缓驰而来。车上仿佛坐满了人，和司机并坐，向着楼窗挥手的黑发的青年，似乎便是孝起。

"生命路上英勇的同伴，已从光明中携手来迎接了！"——他忽然如受日的雪人一般，无力的坐了下去，双手抱着头儿，起了无名的呜咽。

竟于一九二四年一月，青山大风雨之夕。

别　后

    舅母和他送他的姊姊到车站去。他心中常常摹拟着的离别，今天已临到了。然而舅舅和姊姊上车之后，他和姊姊隔着车窗，只流下几点泛泛的眼泪。

    回去的车上，他已经很坦然的了，又像完了一件事似的。到门走入东屋，本是他和姊姊两个人同住的小屋子。姊姊一走，她的东西都带了去，显得宽绰多了。他四下里一看，便上前把糊在玻璃上，代替窗帘的，被炉烟熏得焦黄的纸撕了去，窗外便射进阳光来。平日放在窗前的几个用蓝布蒙着的箱子，已不在了，正好放一张书桌。他一面想着，一面把窗台上许多的空瓶子都捡了出去——这原是他姊姊当初盛生发油雪花膏之类的——自己扫了地，端进一盆水来，挽起袖子，正要抹桌子。王妈进来说："大少爷，外边有电话找你呢。"他便放下抹布，跑到客室里去。

    "谁呀？"

"我是永明，你姊姊走了么？"

"走了，今天早车走的。"

"我想请你今天下午来玩玩。你姊姊走了，你必是很闷的，我们这里很热闹……"

他想了一会子。

"怎么样？你怎么不言语？"

"好罢，我吃完饭就去。"

"别忘了，就是这样，再见。"

他挂上耳机，走入上房，饭已摆好了。舅母和两个表弟都已坐下。他和舅母说下午要到永明家里去，舅母只说："早些回来。"此外，饭桌上就没有声响。

饭后待了一会子，搭讪着向舅母要了车钱，便回到自己屋里来。想换一件干净的长衫，开了柜子，却找不着；只得套上一件袖子很瘦很长的马褂，戴上帽子，匆匆的走出去。

他每天上学，是要从永明门口走过的。红漆的大门，墙上露出灰色石片的楼瓦，但他从来没有进去过。

到了门口，因为他太矮，按不着门铃，只得用手拍了几下，半天没有声息。他又拍了几下，便听得汪汪的小狗的吠声，接着就是永明的笑声，和急促的皮鞋声到了门前了。

开了门，仆人倒站在后面，永明穿着一套棕色绒绳的短衣服，抱着一只花白的小哈巴狗。看见他就笑说："你可来了，我等你半天！"他说："哪有半天？我吃过饭就来的。"一面说，两人拉着便进去。

院子里砌着几个花台，上面都覆着茅草。墙根一行的树，只因冬天叶子都落了，看不出是什么树来。楼前的葡萄架也空了。到了架下，走上台阶，先进到长廊式的甬道里。墙上嵌着一面大镜子，旁边放着几个衣架。永明站住了，替他脱下帽子，挂在钩上，便和他进到屋里去。

这一间似乎是客室，壁炉里生着很旺的火。炉台上放着一对大磁花瓶，插满了梅花。靠墙一行紫檀木的椅桌。回过头来，那边窗下一个女子，十七八岁光景，穿着浅灰色的布衫，青色裙儿，正低头画那钢琴上摆着的一盆水仙。旁边一个带着轮子的摇篮正背着他。永明带他上前去，说："这是我的三姊澜姑。"他欠了欠身。澜姑看着他，略一点头，仍去画她的画。永明笑道："你等一等，我去知会我们那位了事的小姐去！"说着便开了左方的门，向后走了。

他只站着，看着壁上的字画，又看澜姑。侧面看去。觉得她很美，椭圆的脸，秋水似的眼睛。作画的姿势，极其闲散，左手放在膝上，一笔一笔慢慢的描，神情萧然。

他看着忽然觉得奇怪，她画的那盆水仙，却是已经枯残了的，他不觉注意起来。——澜姑如同不知道屋里有人似的，仍旧萧然的画她的画。

后面听见笑声，永明端着一碗浆糊，先走进来。后面跟着一个女子，穿着青莲紫的绸子长袍，襟前系着一条雪白的围裙，手里握着一大卷的五色纸。永明放下碗，便道："这是我的二姊宜姑。"他忙鞠躬。宜姑笑着让他坐下，一面挽起袍袖，走到窗前，取了一把裁纸刀；一面笑道："我们要预备些新年的点缀品，你也来帮我们的忙罢。"她自己便拉过一张椅子来，坐在中间长圆桌的旁边。

他忸怩的走过去，站在桌前。永明便将宜姑裁好了的纸条儿，红绿相间的粘成一条很长的练子。他也便照样的做着。

宜姑闲闲的和他谈话。他觉得她那紫衣，正衬她嫩白的脸。颊上很深的两个笑涡儿。浓黑的头发，很随便的挽一个家常髻。她和澜姑相似处，就是那双大而深的眼睛，此外竟全然是两样的。——他觉得从来不曾见过像宜姑这样美丽温柔的姊姊。

永明唤道："澜小姐不要尽着画了，也来帮我们！"澜姑只管低着头，说："你粘你的罢，我没有工夫。"宜姑看着永明道："你让她画罢，我们三个人做，就够了。"回头便问他："听说你姊姊走了，谁送她去的？"他连忙答应说："是我舅舅送她去，等她结婚以后，舅舅就回来的。"永明笑问："早晨你哭了么？"他红了脸只笑着。宜姑看了永明一眼，微微的一笑，笑里含着禁止的意思。

他不觉感激起来。但永明这一句话，在他并没有什么大刺激，他便依旧粘着纸练子。

摇篮里的婴儿，忽然哭了，宜姑连忙去挪了过来，放在自己座旁。他看见里面卧着的孩子，用水红色的小被裹着，头上戴一顶白绒带缨的小帽，露出了很白的小脸。永明笑说："这是娃娃，你看他胖不胖？"他笑着点一点头。——宜姑口里轻轻的唱着，手里只管裁纸花，足却踏着摇篮，使他微微动摇。

他忽然想起，便低低的问道："你的大姊呢？"永明道："我没有大姊。"他看了宜姑又看澜姑，正要说话，永明会意，便说："我们弟兄姊妹在一块儿排的，所以我有大哥，二姊，三姊，我是四弟——娃娃是哥哥的女儿。"

娃娃的头转侧了几下，便又睡着了。他注目看着，觉那小样儿非常的可爱，便伸手去摩她嫩红的面颊。娃娃的眼皮微微的一动，他连忙缩回手去，宜姑看着他温柔的一笑。

一个仆妇从外面进来，说："二小姐，老太太那边来了电话了。"宜姑便站起，走了出去。

永明笑道："我们这位二小姐，就是一位宰相。上上下下的事，都是她一手经理。母亲又宠她……"澜姑正洗着笔，听见便说："别怪母亲宠她，她做事又周全又痛快，除了她，别人是办不来的！"永明笑道："你又向着她了！我不信我就不会接电话，更不信我们一家子捧凤凰似的，只捧着她一个！"澜姑抬头看着永明说："别说昧心话了，难道你就不捧她？去年她病在医院里，是谁哭的一夜没有睡觉来着？——"永明笑道："我不知道——不要提那个了，我看除了她之外，也没有一个人能得你的心悦诚服……"

宜姑进来了，笑向澜姑说："外婆来了电话，说要接母亲和我们两个今晚去吃饭。我说嫂嫂不在家，娃娃没人照应，母亲说叫你跟着去呢。"澜姑皱眉道："我不喜欢去！外婆倒罢了，那些小姐派的表姊妹们，我实在跟她们说不到一块儿！"宜姑笑道："左右是应个景儿，谁请你去演说？一会儿琴姊和翠姊要亲自来接的。"永明忙问："请我了没有？"宜姑道："没有。"永明笑道："我一定问问外婆去，一到了请吃饭，就忘了我；到了我们学校里开游艺会，运动会，怎么不忘了问我要入场券？……"澜姑道："既如此，你去罢。"永明道："人家没有请我，怎好意思的！就是请我，我也不去，今晚我自己还请人吃饭呢！"说着便看他一笑。

宜姑又问："妹妹，你到底去不去？"澜姑放下笔，伸一伸懒腰，抱膝微笑道："忙什么的，她们还没来呢。"宜姑道："等到她们来，岂不晚了，母亲又要着急的。"澜姑慢慢的说："那你为什么不去？"宜姑坐下，仍旧剪着纸，一面说："我何曾不想去？娃娃的奶妈子又是新来的，交给她不放心。而且这两天往往有送年礼的，哪一家的该收下，哪一家的该璧回，你自己想如能了这些事，我就乐得去，你就留在家里，享你的清福。"澜姑想了一想，道："这样还是我去罢。"宜姑笑道："是不是！你原是名士小姐的角色，还是穿上衣服，在母亲身旁一坐，比甚么都舒服……"

娃娃又哭了，这回眼睛张得很大，哭得也很急促。宜姑看一看手表，俯下去亲一亲她，说："真的，忘了叫娃娃吃奶了，别哭，抱你找奶妈去。"一面轻轻的将娃娃连被抱起，这时奶妈子已经进来，宜姑将娃娃递给她，替她开了门，说："到娃娃屋里去罢，别让她多吃了。"奶妈子连声答应着，就带上门出去。

话说未了，外面人来报道："老太太那边两位小姐来了。"宜姑连忙脱下围裙，迎了出去。——他十分瑟缩，要想躲开，永明笑道："你怕什么？我们坐在琴后，不理她们就是了。"说着两个人从长椅上提过两个靠枕，忙跑到琴后抱膝坐下。

她们一边说笑着进来，琴后望去不甚真切，只仿佛是两个头发烫得很卷曲，衣服极华丽的女子。又听得澜姑也起来招呼了。她们走到炉边，伸手向火，一面笑说："宜妹今天真俏皮呵！怎么想开了穿起这紫色的衣服？"宜姑笑道："可不是，母亲替我做的，因为她喜欢这颜色。去年做的，这还是头一次上身呢。"一面忙着按铃叫人倒茶。

那个叫翠姊的走到琴前——永明摇手叫他不要作声——拿起澜姑

的画来看，回头笑道："澜妹，你怎么专爱画那些颓败的东西？"澜姑只管收拾着画具，一面说："是呢，人家都画，我就不画了，人家都不画的，我才画呢！"琴姊也走过来，说："你的脾气还是不改——上次在我们家里，那位曾小姐要见你，你为什么不见她？"澜姑道："但至终也见了呵！"琴姊笑说："她以后对我们评论你了。"澜姑抬头道："她评论我什么？"翠姊过来倚在琴姊肩上，笑说："说了你别生气！——她说你真是满可爱的，只是太狷傲一点。"琴姊道："论她的地位，她又是生客，你还是应酬她一点好。"澜姑冷笑道："狷傲？可惜我就是这样的狷傲么！她说我可爱，谢谢她！人说我不好，不能贬损我的价值；人说我好，更不能增加我的身分！我生来又不会说话，我更犯不着为她的地位去应酬她……"

琴和翠相视而笑。宜姑端过茶来，笑说："姊姊们不要理她，那孩子太矫癖了，母亲在楼上等着你们呢。"她们端起杯来，喝了一口，就都上楼去。

永明和他从琴后出来，永明笑道："澜小姐真能辩论呵！连我听着都觉得痛快！那位曾小姐我可看见了，这种妖妖调调的样子，我要有三个眼睛，也要挖出一个去！"宜姑看了永明一眼，回头便对澜姑说："妹妹，不要太立崖岸了，同在人家作客，何苦来——"澜姑站了起来说："我不怪别人！只是琴翠二位太气人了，好好的又提起那天的事作什么？那天我也没有得罪她，她们以为我听说人批评我骄傲，我就必得应酬她们，岂知我更得意！"宜姑笑道："得了，上去打扮罢。母亲等着呢。"澜姑出去，又回来，右手握着门钮，说："今天热得很，我不穿皮袄，穿驼绒的罢。"宜姑一面坐下，拿起叠好的五色纸来，用针缝起，一面说："可别冻着玩，穿你的皮袄去是正经！"澜姑说："不，外婆屋里永远是暖的。只是一件事，我不穿我那件藕合色的，把你的那件鱼肚白的给我罢。"宜姑想了一想道："在我窗前的第二层柜屉里呢，你要就拿去罢——只是太素一点了，外婆不喜欢的。"说完又笑道："只要你乐意就好，否则你今天又不痛快。"永明笑道："你要盼望她顾念别人，就不对了，她是'拔一毛利天下而不为'的！"澜姑冷笑道："我便是杨朱的徒弟，你要做杨朱的徒弟，他还不要你呢！"说着便自己开门出去了。

宜姑目送着她出去，回头对永明说："她脾气又急，你又爱逗她……"永明连忙接过来说："说得是呢。她脾气又急，你又总顺着她，惯得她菩萨似的，只拿我这小鬼出气！"宜姑笑道："罢了！成天为着给你们劝架，落了多少不是！"一面拿起剪刀来，在那些已缝好的纸上，曲折的剪着，慢慢的伸开来，便是一朵朵很灿烂的大绣球花。

这时桌上的纸已尽，永明说："都完了，我该登山爬高的去张罗了！"一面说便挪过一张高椅来，放在屋角，自己站上，又回头对他说："你也别闲着，就给我传递罢！"他连忙答应着，将那些纸练子，都拿起挂在臂上，走近椅前。宜姑过来扶住椅子，一面仰着脸指点着，椅子渐渐的挪过四壁，纸练子都装点完了。然后宜姑将那十几个花球，都悬在纸练的交结处，和电灯的底下。

永明下来，两手叉着看着，笑道："真辉煌，电灯一亮，一定更好……"这时听得笑语杂沓，从楼上到了廊下，宜姑向永明道："你们将这些零碎东西收拾了罢，我去送她们上车去。"说着又走出去。

他们两个忙着将桌上一切都挪开了，从琴后提过那两个靠枕来，坐在炉旁。刚坐好，宜姑已抱着小狗进来，永明又起来，替她拉过一张大沙发，说："事情都完了，你也该安生的坐一会子了。"宜姑笑着坐下，她似乎倦了，只懒懒的低头抚着小狗，暂时不言语。

天色渐渐的暗了下来，炉火光里，他和永明相对坐着，谈得很快乐。他尤其觉得这闪闪的光焰之中，映照着紫衣绛颊，这屋里一切，都极其绵密而温柔。这时宜姑笑着问他："永明在学校里淘气罢？你看他在家里跳荡的样子！"他笑着看着永明说："他不淘气，只是活泼，我们都和他好。"永明将头往宜姑膝上一倚，笑道："你看如何？你只要找我的错儿。可惜找不出来！"宜姑摩抚着永明的头发，说："别得意了！人家客气，你就居之不疑起来。"

这时有人推门进来，随手便将几盏电灯都捻亮了。灯光之下一个极年轻的妇人，长身玉立。身上是一套浅蓝天鹅绒的衣裙，项下一串珠练，手里拿着一个白狐手笼。开了灯便笑道："这屋里真好看，你们怎么这样安静？——还有客人。"一面说着已走到炉旁，永明和他都站起来。永明笑说："这是我大哥永琦的夫人，琦夫人今天省亲去了一天。"他又忸怩的欠一欠身。

宜姑仍旧坐着，拉住琦夫人的手，笑说："夫人省亲怎么这早就回来？你们这位千金，今天真好，除了吃就是睡，这会子奶妈伴着，在你的屋里呢。"琦夫人放下手笼，一面也笑说："我原是打电话打听娃娃来着，他们告诉我，娘和澜妹都到老太太那边去了，我怕你闷，就回来了。"

那边右方的一个门开了，一个仆人垂手站在门边，说："二小姐，晚饭开好了。"永明先站起来，说："做了半天工，也该吃饭了。"又向他说："只是家常便饭，不配说请，不过总比学校的饭菜好些。"大家说笑着便进入餐室。

　　餐桌中间摆着一盆水仙花，旁边四付匙箸。靠墙一个大玻璃柜子，里面错杂的排着挂着精致的杯盘。壁上几幅玻璃框嵌着的图画，都是小孩子，或睡或醒，或啼或笑。永明指给他看，说："这都是我三姊给娃娃描的影神儿，你看像不像？"他抬头仔细端详说："真像！"永明又关上门，指着门后用图钉钉着的，一张白橡皮纸，写着碗大的"靠天吃饭"四个八分大字，说："这是我写的。"他不觉笑了，就说："前几天习字的李老师，还对我们夸你来着，说你天分高，学那一体的字都行。"这时宜姑也走过来，一看笑说："我今天早起才摘下来，你怎么又钉上了？"永明道："你摘下来做什么？难道只有澜姑画的胖孩子配张挂？谁不是靠天吃饭？假如现在忽然地震，管保你饭吃不成！"琦夫人正在餐桌边，推移着盘碗，听见便笑道："什么地震不地震，过来吃饭是正经。"一面便拉出椅子来，让他在右首坐下。他再三不肯。永明说："客气什么？你不坐我坐。"说着便走上去，宜姑笑着推永明说："你怎么越大越没礼了！"一面也只管让他，他只得坐了。永明和他并肩，琦夫人和宜姑在他们对面坐下。

　　只是家常便饭，两汤四肴，还有两碟子小菜，却十分的洁净甘香。桌上随便的谈笑，大家都觉得快乐，只是中间连三接四的仆人进来回有人送年礼。宜姑便时时停箸出去，写回片，开发赏钱。永明笑说："这不是靠天吃饭么？天若可怜你，这些人就不这时候来，让你好好的吃一顿饭！"琦夫人笑说："人家忙得这样，你还拿她开心！"又向宜姑道："我吃完了，你用你的饭，等我来罢。"末后的两次，宜姑便坐着不动。

饭后，净了手，又到客室里。宜姑给他们端过了两碟子糖果，自己开了琴盖，便去弹琴。琦夫人和他们谈了几句，便也过去站在琴边。永明忽然想起，便问说："大哥寄回的那本风景画呢？"琦夫人道："在我外间屋里的书架上呢，你要么？"永明起身道："我自己拿去。"说着便要走。宜姑说："真是我也忘了请客人看画本。你小心不要搅醒了娃娃。"永明道："她在里间，又不碍我的事，你放心！"一面便走了。

琴侧的一圈光影里，宜姑只悠暇的弹着极低柔的调子，手腕轻盈的移动之间，目光沉然，如有所思。琦夫人很娇慵地，左手支颐倚在琴上，右手弄着项下的珠练。两个人低低的谈话，时时微笑。

他在一边默然的看着，觉得琦夫人明眸皓齿，也十分的美，只是她又另是一种的神情——等到她们偶然回过头来，他便连忙抬头看着壁上的彩结。

永明抱着一个大本子进来，放在桌上说："这是我大哥从瑞士寄回来的风景画，风景真好！"说着便拉他过去，一齐俯在桌上，一版一版的往下翻。他见着每版旁都注着中国字，永明说："这是我大哥翻译给我母亲看的，他今年夏天去的，过年秋天就回来了。你如要什么画本，告诉我一声。我打算开个单子，寄给他，请他替我采办些东西呢。"他笑着，只说："这些风景真美，给你二姊作图画的蓝本也很好。"

听见那边餐室的钟，当当的敲了八下。他忽然惊觉，该回去了！这温暖甜适的所在，原不是他的家。这时那湫溢黯旧的屋子，以及舅母冷淡的脸，都突现眼前，姊姊又走了，使他实在没有回去的勇气。他踟蹰片响，只无心的跟着永明翻着画本……至终他只得微微的叹了一口气，站起身来，说："我该走了，太晚了家里不放心。"永明拉住他的臂儿，说："怕什么，看完了再走，才八点钟呢！"他说："不能了，我舅母吩咐过的。"宜姑站了起来，说："倒是别强留，宁可请他明天再来。"又对他说："你先坐下，我吩咐我们家里的车送你回去。"他连忙说不必，宜姑笑说："自然是这样，太晚了，坐街上的车，你家里更不放心了。"说着便按了铃，自己又走出甬道去。

琦夫人笑对他说："明天再来玩，永明在家里也闷得慌，横竖你们年假里都没有事。"他答应着，永明笑道："你肯再坐半点钟，就请你明天来。否则明天你自己来了，我也不开门！"他笑了。

宜姑提着两个蒲包进来，笑对他说："车预备下了，这两包果点，送你带回去。"他忙道谢，又说不。永明笑道："她拿母亲还没过目的年礼做人情，你还谢她呢，趁早儿给我带走！"琦夫人笑道："你真是张飞请客，大呼大喊的！"大家笑着，已出到廊上。

琦夫人和宜姑只站在阶边，笑着点头和他说："再见。"永明替他提了一个蒲包，小哈巴狗也摇着尾跳着跟着。门外车上的两盏灯已点上了。永明看着放好了蒲包，围上毡子，便说："明天再来，可不能放你早走！"他笑道："明天来了，一辈子不回去如何？"这时车已拉起，永明还在后面推了几步，才唤着小狗回去。

他在车上听见掩门的声音，忽然起了一个寒噤，乐园的门关了，将可怜的他，关在门外！他觉得很恍惚，很怅惘，心想：怪不得永明在学校里，成天那种活泼笑乐的样子，原来他有这么一个和美的家庭！他冥然的回味着这半天的经过，事事都极新颖，都极温馨……

车已停在他家的门外，板板的黑漆的门，横在眼前。他下了车，车夫替他提下两个蒲包，放在门边。又替他敲了门，便一面拭着汗，拉起车来要走。他忽然想应当给他赏钱，按一按长衫袋子，一个铜子都没有，踌躇着便不言语。

里面开了门，他自己提了两个蒲包，走过漆黑的门洞。到了院子里，略一思索，便到上房来。舅母正抽着水烟，看见他，有意无意的问："付了车钱么？"他说："是永明家里的车送我来的。"舅母忙叫王妈送出赏钱去。王妈出去时，车夫已去远了。——舅母收了钱，说他糊涂。

他没有言语，过了一会，说："这两包果点是永明的姊姊给我的——留一包这里给表弟们吃罢。"他两个表弟听说，便上前要打开包儿。舅母拦住，说："你带下去罢，他们都已有了。"他只得提着又到厢房来。

王妈端进一盏油灯，又拿进些碎布和一碗浆糊，坐在桌子对面，给他表弟们粘鞋底，一边和他作伴。他呆呆的坐着，望着这盏黯黯的灯，和王妈困倦的脸，只觉得心绪潮涌。转身取过纸笔，想写信寄他姊姊，他没有思索，便写：

亲爱的姊姊：

你撇下我去了，我真是无聊，我真是伤心！世界上只剩了我，四围都是不相干的冷淡的人！姊姊呵，家庭中没有姊妹，如同花园里没有香花，一点生趣都没有了！亲爱的姊姊，紫衣的姊姊呵！……

这时他忽然忆起他姊姊是没有穿过紫衣的，他的笔儿不觉颓然的放下了！他目前突然涌现了他姊姊的黄瘦的脸，颧骨高起，无表情的近视的眼睛。行前两三个月，匆匆的赶自己的嫁衣，只如同替人作女工似的，不见烦恼，也没有喜欢。她的举止，都如幽灵浮动在梦中。她对于任何人都很漠然，对他也极随便，难得牵着手说一两句噢（嘘）问寒暖的话。今早在车上，呆呆的望着他的那双眼睛，很昏然，很木然，似乎不解什么是别离，也不推想自己此别后的命运……

他更呆然了，眼珠一转，看见了紫衣的姊姊！雪白的臂儿，粲然的笑颊，澄深如水的双眸之中，流泛着温柔和爱……这紫衣的姊姊，不是他的，原是永明的呵！

他从来所绝未觉得的：母亲的早逝，父亲的远行，姊姊的麻木，舅家的淡漠，这时都兜上心来了！——就是这一切，这一切，深密纵横的织成了他十三年灰色的生命！

他慢慢将笔儿靠放在墨盒盖上。呆呆的从润湿的眼里，凝望着灯光。觉得焰彩都晕出三四重，不住的凄颤——至终他泪落在纸上。

王妈偶然抬起头来看见，一面仍旧理着碎布，一面说："你想你姊姊了！别难过，早些睡觉去罢，要不就找些东西玩玩。"他摇着头叹了一口气，站了起来，将那张纸揉了，便用来印了眼泪。无聊的站了一会，看见桌上的那碗浆糊，忽然也要糊些纸练子挂在屋里。他想和舅母要钱买五色纸，便开了门出去。

刚走到上房窗外，听得舅母在屋里，排揎着两个表弟，说："哪来这许多钱，买这个，买那个？一天只是吃不够玩不够的！"接着听见两个表弟咕咕唧唧的声音。他不觉站住了，想了一想，无精打采的低头回来。

　　一眼望见椅上的两个蒲包——他无言的走过去，两手按着，片响，便取下那上面两张果店的招牌纸。回到桌上，拿起王妈的剪子，剪下四边来。又匀成极仄的条儿，也红绿相间的粘成一条纸练子。

　　不到三尺长，纸便没有了。他提着四顾，一转身踌躇着便挂在帐钩子上，自己也慢慢的卧了下去。

　　王妈不曾理会他，只睁着困乏的眼睛，疲缓的粘着鞋底。他右手托腮，歪在枕上。看着那黯旧的灰色帐旁，悬着那条细长的，无人赞赏的纸练子，自己似乎有一种凄凉中的怡悦。

　　林中散步归来，偶然打开诗经的布函，发见了一篇未竟的旧稿。百无聊赖之中，顿生欢喜心！前半是一九二一年冬季写的，不知怎样便搁下了。重看一遍之后，决定把它续完。笔意也许不连贯，但似乎不能顾及了。

　　　　　　　　　　　　　　　一九二四年六月二日，沙穰。

分

　　一个巨灵之掌，将我从忧闷痛楚的密网中打破了出来，我呱的哭出了第一声悲哀的哭。

　　睁开眼，我的一只腿仍在那巨灵的掌中倒提着，我看见自己的红到玲珑的两只小手，在我头上的空中摇舞着。

　　另一个巨灵之掌轻轻的托住我的腰，他笑着回头，向仰卧在白色床车上的一个女人说："大喜呵，好一个胖小子！"一面轻轻的放我在一个铺着白布的小筐里。

　　我挣扎着向外看：看见许多白衣白帽的护士乱哄哄的，无声的围住那个女人。她苍白着脸，脸上满了汗。她微呻着，仿佛刚从噩梦中醒来。眼皮红肿着，眼睛失神的半开着。她听见了医生的话，眼珠一转，眼泪涌了出来。放下一百个心似的，疲乏的微笑的闭上眼睛，嘴里说："真辛苦了你们了！"

　　我便大哭起来："母亲呀，辛苦的是我们呀，我们刚才都从死中挣扎出来的呀！"

白衣的护士们乱哄哄的，无声的将母亲的床车推了出去。我也被举了起来，出到门外。医生一招手，甬道的那端，走过一个男人来。他也是刚从噩梦中醒来的脸色与欢欣，两只手要抱又不敢抱似的，用着怜惜惊奇的眼光，向我注视，医生笑了："这孩子好罢？"他不好意思似的，嗫嚅着："这孩子脑袋真长。"这时我猛然觉得我的头痛极了，我又哭起来了："父亲呀，您不知道呀，我的脑壳挤得真痛呀。"

医生笑了："可了不得，这么大的声音！"一个护士站在旁边，微笑的将我接了过去。

进到一间充满了阳光的大屋子里。四周壁下，挨排的放着许多的小白筐床，里面卧着小朋友。有的两手举到头边，安稳的睡着；有的哭着说："我渴了呀！""我饿了呀！""我太热了呀！""我湿了呀！"抱着我的护士，仿佛都不曾听见似的，只飘速的，安详的，从他们床边走过，进到里间浴室去，将我头朝着水管，平放在水盆边的石桌上。

莲蓬管头里的温水，喷淋在我的头上，粘粘的血液全冲了下去。我打了一个寒噤，神志立刻清爽了。眼睛向上一看，隔着水盆，对面的那张石桌上，也躺着一个小朋友，另一个护士，也在替他洗着。他圆圆的头，大大的眼睛，黑黑的皮肤，结实的挺起的胸膛。他也在醒着，一声不响的望着窗外的天空。这时我已被举起，护士轻轻的托着我的肩背，替我穿起白白长长的衣裳。小朋友也穿着好了，我们欠着身隔着水盆相对着。洗我的护士笑着对她的同伴说："你的那个孩子真壮真大呵，可不如我的这个白净秀气！"这时小朋友抬起头来注视着我，似轻似怜的微笑着。

　　我羞怯地轻轻的说："好呀，小朋友。"他也谦和的说："小朋友好呀。"这时我们已被放在相挨的两个小筐床里，护士们都走了。

　　我说："我的周身好疼呀，最后四个钟头的挣扎，真不容易，你呢？"

　　他笑了，握着小拳："我不，我只闷了半个钟头呢。我没有受苦，我母亲也没有受苦。"

　　我默然，无聊的叹一口气，四下里望着。他安慰我说："你乏了，睡罢，我也要养一会儿神呢。"

　　我从浓睡中被抱了起来，直抱到大玻璃门边。门外甬道里站着好几个少年男女，鼻尖和两手都抵住门上玻璃，如同一群孩子，站在陈列圣诞节礼物的窗外，那种贪馋羡慕的样子。他们喜笑的互相指点谈论，说我的眉毛像姑姑，眼睛像舅舅，鼻子像叔叔，嘴像姨，仿佛要将我零碎吞并了去似的。

　　我闭上眼，使劲地想摇头，却发觉了脖子在痛着，我大哭了，说："我只是我自己呀，我谁都不像呀，快让我休息去呀！"

　　护士笑了，抱着我转身回来，我还望见他们三步两回头的，彼此笑着推着出去。

　　小朋友也醒了，对我招呼说："你起来了，谁来看你？"我一面被放下，一面说："不知道，也许是姑姑舅舅们，好些个年轻人，他们似乎都很爱我。"

　　小朋友不言语，又微笑了："你好福气，我们到此已是第二天了，连我的父亲我还没有看见呢。"

小
桔
灯

　　我竟不知道昏昏沉沉之中，我已睡了这许久。这时觉得浑身痛得好些，底下却又湿了，我也学着断断续续的哭着说："我湿了呀！我湿了呀！"果然不久有个护士过来，抱起我。我十分欢喜，不想她却先给我水喝。

　　大约是黄昏时候，乱哄哄的三四个护士进来，硬白的衣裙哗哗的响着。她们将我们纷纷抱起，一一的换过尿布。小朋友很欢喜，说："我们都要看见我们的母亲了，再见呀。"

　　小朋友是和大家在一起，在大床车上推出去的。我是被抱起出去的。过了玻璃门，便走入甬道右边的第一个屋子。母亲正在很高的白床上躺着，用着渴望惊喜的眼光来迎接我。护士放我在她的臂上，她很羞缩的解开怀。她年纪仿佛很轻，很黑的秀发向后拢着，眉毛弯弯的淡淡的像新月。没有血色的淡白的脸，衬着很大很黑的眼珠，在床侧暗淡的一圈灯影下，如同一个石像！

　　我开口呜哑着奶。母亲用面颊偎着我的头发，又摩弄我的指头，仔细的端详我，似乎有无限的快慰与惊奇。——

　　二十分钟过去了，我还没有吃到什么。我又饿，舌尖又痛，就张开嘴让奶头脱落出来，烦恼的哭着。母亲很恐惶的，不住的摇拍我，说："小宝贝，别哭，别哭！"一面又赶紧按了铃，一个护士走了进来。母亲笑说："没有别的事，我没有奶，小孩子直哭，怎么办？"护士也笑着，说："不要紧的，早晚会有，孩子还小，他还不在乎呢。"一面便来抱我，母亲恋恋的放了手。

　　我回到我的床上时，小朋友已先在他的床上了，他睡的很香，梦中时时微笑，似乎很满足，很快乐。我四下里望着。许多小朋友都快乐的睡着了。有几个在半醒着，哼着玩似的，哭了几声。我饿极了，想到母亲的奶不知何时才来，我是很在乎的，但是没有人知道。看着大家都饱足的睡着，觉得又嫉妒，又羞愧，就大声的哭起来，希望引起人们的注意。我哭了有半点多钟，才有个护士过来，娇痴的撅着嘴，抚拍着我，说："真的！你妈妈不给你饱吃呵，喝点水罢！"她将水瓶的奶头塞在我嘴里，我哼哼的呜咽的含着，一面慢慢的也睡着了。

　　第二天洗澡的时候，小朋友和我又躺在水盆的两边谈话。他精神很饱满。在被按洗之下，他摇着头，半闭着眼，笑着说："我昨天吃了一顿饱奶！我母亲黑黑圆圆的脸，很好看的。我是她的第五个孩子呢。她和护士说她是第一次进医院生孩子，是慈幼会介绍来的，我父亲很穷，是个屠户，宰猪的。"——这时一滴硼酸水忽然洒上他的眼睛，他厌烦的喊了几声，挣扎着又睁开眼，说："宰猪的！多痛快，白刀子进去，红刀子出来！我大了，也学我父亲，宰猪——不但宰猪，也宰那些猪一般的尽吃不做的人！"

　　我静静的听着，到了这里赶紧闭上眼，不言语。

　　小朋友问说："你呢？吃饱了罢？你母亲怎样？"

　　我也兴奋了："我没有吃到什么，母亲的奶没有下来呢，护士说一两天就会有的。我母亲真好，她会看书，床边桌上堆着许多书，屋里四面也摆满了花。"

　　"你父亲呢？"

　　"父亲没有来，屋里只她一个人。她也没有和人谈话，我不知道关于父亲的事。"

　　"那是头等室，"小朋友肯定的说，"一个人一间屋子吗！我母亲那里却热闹，放着十几张床呢。许多小朋友的母亲都在那里，小朋友们也都吃得饱。"

明天过来，看见父亲了。在我吃奶的时候，他侧着身，倚在母亲的枕旁。他们的脸紧挨着，注视着我。父亲很清癯的脸。皮色淡黄。很长的睫毛，眼神很好。仿佛常爱思索似的，额上常有微微的皱纹。

父亲说："这回看的细，这孩子美的很呢，像你！"

母亲微笑着，轻轻的摩我的脸："也像你呢，这么大的眼睛。"

父亲立起来，坐到床边的椅上，牵着母亲的手，轻轻的拍着："这下子，我们可不寂寞了，我下课回来，就帮助你照顾他，同他玩；放假的时候，就带他游山玩水去。——这孩子一定要注意身体，不要像我。我虽不病，却不是强壮……"

母亲点头说："是的——他也要早早的学音乐，绘画，我自己不会这些，总觉得生活不圆满呢！还有……"

父亲笑了："你将来要他成个什么'家'？文学家？音乐家？"

母亲说："随便什么都好——他是个男孩子呢。中国需要科学，恐怕科学家最好。"

这时我正哑不出奶来，心里烦躁得想哭。可是听他们谈的那么津津有味，我也就不言语。

父亲说："我们应当替他储蓄教育费了，这笔款越早预备越好。"

母亲说："忘了告诉你，弟弟昨天说，等孩子到了六岁，他送孩子一辆小自行车呢！"

父亲笑说："这孩子算是什么都有了，他的摇篮，不是妹妹送的么？"

母亲紧紧的搂着我，亲我的头发，说："小宝贝呵，你多好，这么些个人疼你！你大了，要做个好孩子……"

挟带着满怀的喜气，我回到床上，也顾不得饥饿了，抬头看小朋友，他却又在深思呢。

我笑着招呼说："小朋友，我看见我的父亲了。他也极好。他是个教员。他和母亲正在商量我将来教育的事。父亲说凡他所能做到的，对于我有益的事，他都努力。母亲说我没有奶吃不要紧，回家去就吃奶粉，以后还吃桔子汁，还吃……"我一口气说了下去。

小朋友微笑了，似怜悯又似鄙夷："你好幸福呵，我是回家以后，就没有奶吃了。今天我父亲来了，对母亲说有人找她当奶妈去。一两天内我们就得走了！我回去跟着六十多岁的祖母。我吃米汤，糕干……但是我不在乎！"

我默然，满心的高兴都消失了，我觉得惭愧。

小朋友的眼里，放出了骄傲勇敢的光："你将永远是花房里的一盆小花，风雨不侵的在划一的温度之下，娇嫩的开放着。我呢，是道旁的小草。人们的践踏和狂风暴雨，我都须忍受。你从玻璃窗里，遥遥的外望，也许会可怜我。然而在我的头上，有无限阔大的天空；在我的四周，有呼吸不尽的空气。有自由的蝴蝶和蟋蟀在我的旁边歌唱飞翔。我的勇敢的卑微的同伴，是烧不尽割不完的。在人们脚下，青青的点缀遍了全世界！"

我窘得要哭，"我自己也不愿意这样的娇嫩呀！……"我说。

小朋友惊醒了似的，缓和了下来，温慰我说："是呀，我们谁也不愿意和谁不一样，可是一切种种把我们分开了——看后来罢！"

窗外的雪不住的在下，扯棉搓絮一般，绿瓦上匀整的堆砌上几道雪沟。母亲和我是要回家过年的。小朋友因为他母亲要去上工，也要年前回去。我们只有半天的聚首了，茫茫的人海，我们从此要分头消失在一片纷乱的城市叫嚣之中，何时再能在同一的屋瓦之下，抵足而眠？

我们恋恋的互视着。暮色昏黄里，小朋友的脸，在我微晕的眼光中渐渐的放大了。紧闭的嘴唇，紧锁的眉峰，远望的眼神，微微突出的下颏，处处显出刚决和勇毅。"他宰猪——宰人？"我想着，小手在衾底伸缩着，感出自己的渺小！

从母亲那里回来，互相报告的消息，是我们都改成明天—— 一月一日——回去了！我的父亲怕除夕事情太多，母亲回去不得休息。小朋友的父亲却因为除夕自己出去躲债，怕他母亲回去被债主包围，也不叫她离院。我们平空又多出一天来！

自夜半起便听见爆竹，远远近近的连续不断。绵绵的雪中，几声寒犬，似乎告诉我们说人生的一段恩仇，至此又告一小小结束。在明天重戴起谦虚欢乐的假面具之先，这一夜，要尽量的吞噬，怨詈，哭泣。万千的爆竹声里，阴沉沉的大街小巷之中，不知隐伏着几千百种可怖的情感的激荡……

我栗然，回顾小朋友。他咬住下唇，一声儿不言语。——这一夜，缓流的水一般，细细的流将过去。将到天明，朦胧里我听见小朋友在他的床上叹息。

天色大明了。两个护士脸上堆着新年的笑，走了进来，替我们洗了澡。一个护士打开了我的小提箱，替我穿上小白绒紧子，套上白绒布长背心和睡衣。外面又穿戴上一色的豆青绒线裤子，帽子和袜子。穿着完了，她抱起我，笑说："你多美呵，看你妈妈多会打扮你！"我觉得很软适，却又很热，我暴躁得想哭。

小朋友也被举了起来。我愣然，我几乎不认识他了！他外面穿着大厚蓝布棉袄，袖子很大很长，上面还有拆改补缀的线迹；底下也是洗得褪色的蓝布的围裙。他两臂直伸着，头面埋在青棉的大风帽之内，臃肿得像一只风筝！我低头看着地上堆着的，从我们身上脱下的两套同样的白衣，我忽然打了一个寒噤。我们从此分开了，我们精神上，物质上的一切都永远分开了！

小朋友也看见我了，似骄似惭的笑了一笑说："你真美呀，这身美丽温软的衣服！我的身上，是我的铠甲，我要到社会的战场上，同人家争饭吃呀！"

护士们匆匆的捡起地上的白衣，扔入筐内。又匆匆的抱我们出去。走到玻璃门边，我不禁大哭起来。小朋友也忍不住哭了，我们乱招着手说："小朋友呀！再见呀！再见呀！"一路走着，我们的哭声，便在甬道的两端消失了。

母亲已经打扮好了，站在屋门口。父亲提着小箱子，站在她旁边。看见我来，母亲连忙伸手接过我，仔细看我的脸，拭去我的眼泪，偎着我，说："小宝贝，别哭！我们回家去了，一个快乐的家，妈妈也爱你，爸爸也爱你！"

一个轮车推了过来，母亲替我围上小豆青绒毯，抱我坐上去。父亲跟在后面。和相送的医生护士们道过谢，说过再见，便一齐从电梯下去。

从两扇半截的玻璃门里，看见一辆汽车停在门口。父亲上前开了门，吹进一阵雪花，母亲赶紧遮上我的脸。似乎我们又从轮车中下来，出了门，上了汽车，车门砰的一声关上了。母亲掀起我脸上的毯子，我看见满车的花朵。我自己在母亲怀里，父亲和母亲的脸夹偎着我。

这时车已徐徐的转出人门。门外许多洋车拥挤着，在他们纷纷让路的当儿，猛抬头我看见我的十日来朝夕相亲的小朋友！他在他父亲的臂里。他母亲提着青布的包袱。两人一同侧身站在门口，背向着我们。他父亲头上是一顶宽檐的青毡帽，身上是一件大青布棉袍。就在这宽大的帽檐下，小朋友伏在他的肩上，面向着我，雪花落在他的眉间，落在他的颊上。他紧闭着眼，脸上是凄傲的笑容……他已开始享乐他的奋斗！……

车开出门外，便一直的飞驰。路上雪花飘舞着。隐隐的听得见新年的锣鼓。母亲在我耳旁，紧偎着说："宝贝呀，看这一个平坦洁白的世界呀！"

我哭了。

一九三一年八月五日，海淀。

冬儿姑娘

　　"是呵，谢谢您，我喜，您也喜，大家同喜！太太，你比在北海养病，我陪着您的时候，气色好多了，脸上也显着丰满！日子过的多么快，一转眼又是一年了。提起我们的冬儿，可是有了主儿了，我们的姑爷，在清华园当茶役，这年下就要娶。姑爷岁数也不大，家里也没有什么人。可是您说的'大喜'，我也不为自己享福，看着她有了归着，心里就踏实了，也不枉我吃了十五年的苦。

　　"说起来真像故事上的话，您知道那年庆王爷出殡……那是哪一年？……我们冬儿她爸爸，在海淀大街上看热闹，这么一会儿的工夫就丢了。那天我们两个人倒是拌过嘴，我还当是他赌气进城去了呢，也没找他。过了一天，两天，三天，还不来，我才慌了，满处价问，满处价打听，也没个影儿。也求过神，问过卜，后来一个算命的，算出说他是往西南方去了，有个女人绊住他，也许过了年会回来的。我稍微放点心，我想，他又不是小孩子，又是本地人，哪能说丢就丢了呢，没想到……如今已是十五年了!

"那时候我们的冬儿才四岁。她是'立冬'那天生的,我们就这么一个孩子。她爸爸本来在内务府当差,什么杂事都能做,糊个棚呀干点什么的,也都有碗饭吃。自从前清一没有了,我们就没了落儿了。我们十九年的夫妻,没红过脸,到了那时实在穷了,才有时急得彼此抱怨几句,谁知道这就把他逼走了呢?

"我抱着冬儿哭了三整夜,我哥哥就来了,说:'你跟我回去,我养活着你。'太太,您知道,我哥哥家那些个孩子,再加上我,还带着冬儿,我嫂子嘴里不说,心里还能喜欢么?我说:'不用了,说不定你妹夫他什么时候也许就回来,冬儿也不小了,我自己想想法子看。'我把他回走了。以后您猜怎么着?您知道圆明园里那些大柱子,台阶儿的大汉白玉,那时都有米铺里雇人来把他砸碎了,掺在米里,好添分量,多卖钱。我那时就天天坐在那漫荒野地里砸石头。一边砸着石头,一边就流眼泪,冬天的风一吹,眼泪都冻在脸上了。回家去,冬儿自己爬在炕上玩,有时从炕上掉了下来,就躺在地下哭。看见我,她哭,我也哭,我那时哪一天不是眼泪拌着饭吃的!

"去年北海不是在'霜降'那天下的雪么?我们冬儿给我送棉袄来了,太太您记得?傻大黑粗的,眼梢有点往上吊着?这孩子可是利害,从小就是大男孩似的,一直到大也没改。四五岁的时候,就满街上和人抓子儿,押摊,安钱,输了就打人,骂人,一街上的孩子都怕她!可是有一样,虽然蛮,她还讲理。还有一样,也还孝顺,我说什么,她听什么,我呢,只有她一个,也轻易不说她。

"她常说:'妈,我爸爸撇下咱们娘儿俩走了,你还想他呢!你就靠着我得了。我卖鸡子，卖柿子，卖萝卜，养活着你，咱们娘儿俩厮守着，不比有他的时候还强么？你一天里淌眼抹泪的，当的了什么呀？'真的，她从八九岁就会卖鸡子，上清河贩鸡子去，来回十七八里地，挑着小挑子，跑的比大人还快。她不打价，说多少钱就多少钱，人和她打价，她挑起挑儿来就走，头也不回。可是价钱也公道，海淀这街上，谁不是买她的，还有一样，买了别人的，她就不依，就骂。

"不卖鸡子的时候，她就卖柿子，花生。说起来还有可笑的事呢。您知道西苑常驻兵，这些小贩子就怕大兵，卖不到钱还不算，还常捱打受骂的。她就不怕大兵，一早晨就挑着柿子什么的，一直往西苑去，坐在那操场边上，专卖给大兵。一个大钱也没让那些大兵欠过。大兵凶，她更凶，凶的人家反笑了，倒都让着她。多会儿她卖够了，说走就走，人家要买她也不给。那一次不是大兵追上门来了？我在院子里洗衣裳，她前脚进门，后脚就有两个大兵追着，吓得我们一跳，我们一院子里住着的人，都往屋里跑。大兵直笑直嚷着说：'冬儿姑娘，冬儿姑娘，再卖给我们两个柿子。'她回头把挑儿一放，两只手往腰上一叉，说：'不卖给你，偏不卖给你，买东西就买东西，谁和你们嘻皮笑脸的！你们趁早给我走！'我吓得直哆嗦！谁知道那两个大兵倒笑着走了。您瞧这孩子的胆！

"那一年她有十二三岁，张宗昌败下来了，他的兵就驻在海淀一带。这张宗昌的兵可穷着呢，一个个要饭的似的，袜子鞋都不全，得着人家儿就拍门进去，翻箱倒柜的，还管是住着就不走了。海淀这一带有点钱的都跑了，大姑娘小媳妇儿的，也都走空了。我是又穷又老，也就没走，我哥哥说：'冬儿倒是往城里躲躲罢。'您猜她说什么？她说：

'大舅舅，你别怕，我妈不走，我也不走，他们吃不了我，我还要吃他们呢！'可不是她还吃上大兵么？她跟他们后头走队唱歌的，跟他们混得熟极了，她哪一天不吃着他们那大笼屉里蒸的大窝窝头？

"有一次也闯下祸——那年她是十六岁了——有几个大兵从西直门往西苑拉草料，她叫人家把草料卸在我们后院里，她答应晚上请人家喝酒。我是一点也不知道，她在那天下午就躲开了。晚上那几个大兵来了，吓得我要死！知道冬儿溜了，他们恨极了，拿着马鞭子在海淀街上找她三天。后来亏得那一营兵开走了，才算没有事。

"冬儿是躲到她姨儿，我妹妹家去了。我妹妹的家住在蓝旗，有个菜园子，也有几口猪，还开个小杂货铺。那次冬儿回来了，我就说：'姑娘，你岁数也不小了，整天价和大兵捣乱，不但我担惊受怕，别人看着也不像回事，你说是不是！你倒是先住在你姨儿家去，给她帮帮忙，学点粗活，日后自然都有用处……'她倒是不刁难，笑嘻嘻的就走了。

"后来。我妹妹来，说：'冬儿倒是真能干，真有力气，浇菜，喂猪，天天一清早上西直门取货，回来还来得及做饭。做事是又快又好，就是有一样，脾气太大！稍微的说她一句，她就要回家。'真的，她在她姨儿家住不上半年，就回来过好几次，每次都是我劝着她走的。不过她不在家，我也有想她的时候，那一回我们后院种的几棵老玉米，刚熟，就让人拔去了，我也没追究。冬儿回来知道了，就不答应说：'我不在家，你们就欺负我妈了！谁拔了我的老玉米，快出来认了没事，不然，谁吃了谁嘴上长疔！'她坐在门槛上直直骂了一下午，末后有个街坊老太太出来笑着认了，说：'姑娘别骂了，是我拔的，也是闹着玩。'这时冬儿倒也笑了，说：'您吃了就告诉我妈一声，还能不让您吃么？明人不做暗事，您这样叫我们小孩子瞧着也不好！'一边说着，这才站起来，又往她姨儿家里跑。

"我妹妹没有儿女。我妹夫就会耍钱，不做事。冬儿到他们家，也学会了打牌，白天做活，晚上就打牌，也有一两块钱的输赢。她打牌是许赢不许输，输了就骂。可是她打的还好，输的时候少，不然，我的这点儿亲戚，都让她给骂断了！

"在我妹妹家两年，我就把她叫回来了，那就是去年，我跟您到北海去，叫她回来看家。我不在家，她也不做活，整天里自己做了饭吃了，就把门锁上，出去打牌。我听见了，心里就不痛快。您从北海一回来，我就赶紧回家去，说了她几次，勾起胃口疼来，就躺下了。我妹妹来了，给我请了个瞧香的，来看了一次，她说是因为我那年为冬儿她爸爸许的愿，没有还，神仙就罚我病了。冬儿在旁边听着，一声儿也没言语。谁知道她后脚就跟了香头去，把人家家里神仙牌位一顿都砸了，一边还骂着说：'还什么愿！我爸爸回来了么？就还愿！我砸了他的牌位，他敢罚我病了，我才服！'大家死劝着，她才一边骂着，走了回来。我妹妹和我知道了，又气，又害怕，又不敢去见香头。谁知后来我倒也好了，她也没有什么。真是，'神鬼怕恶人'……

"我哥哥来了，说：'冬儿年纪也不小了，赶紧给她找个婆家罢，'恶事传千里'，她的利害名儿太出远了，将来没人敢要！'其实我也早留心了，不过总是高不成低不就的。有个公公婆婆的，我又不敢答应，将来总是麻烦，人家哪能像我似的，什么都让着她？那一次有人给提过亲，家里也没有大人，孩子也好，就是时辰不对，说是犯克。那天我合婚去了，她也知道，我去了回来，她正坐在家里等我，看见我就问：'合了没有？'我说：'合了，什么都好，就是那头命硬，说是克丈母娘。'她就说：'那可不能做！'一边说着又拿起钱来，出去打牌去了。我又气，又心疼。这会儿的姑娘都脸大，说话没羞没臊的！

"这次总算停当了，我也是一块石头落了地！

"谢谢您，您又给这许多钱，我先替冬儿谢谢您了！等办过了事，我再带他们来磕头。……您自己也快好好的保养着，刚好别太劳动了，重复了可不是玩的！我走了，您，再见。"

一九三三年十一月二十八日夜。

小桔灯

这是十几年以前的事了。

在一个春节前一天的下午，我到重庆郊外去看一位朋友。她住在那个乡村的乡公所楼上。走上一段阴暗的仄仄的楼梯，进到一间有一张方桌和几张竹凳、墙上装着一架电话的屋子，再进去就是我的朋友的房间，和外间只隔一幅布帘。她不在家，窗前桌上留着一张条子，说是她临时有事出去，叫我等着她。

我在她桌前坐下，随手拿起一张报纸来看，忽然听见外屋板门吱地一声开了，过了一会，又听见有人在挪动那竹凳子。我掀开帘子，看见一个小姑娘，只有八九岁光景，瘦瘦的苍白的脸，冻得发紫的嘴唇，头发很短，穿一身很破旧的衣裤，光脚穿一双草鞋，正在登上竹凳想去摘墙上的听话器，看见我似乎吃了一惊，把手缩了回来。我问她："你要打电话吗？"她一面爬下竹凳，一面点头说："我要××医院，找胡大夫，我妈妈刚才吐了许多血！"我问："你知道××医院的电话号码吗？"她摇了摇头说："我正想问电话局……"我赶紧从机旁的电话本子里找到医院的号码，就又问她："找到了大夫，我请他到谁家去呢？"她说："你只要说王春林家里病了，她就会来的。"

我把电话打通了，她感激地谢了我，回头就走。我拉住她问："你的家远吗？"她指着窗外说："就在山窝那棵大黄果树下面，一下子就走到的。"说着就登、登、登地下楼去了。

我又回到里屋去，把报纸前前后后都看完了，又拿起一本《唐诗三百首》来，看了一半，天色越发阴沉了，我的朋友还不回来。我无聊地站了起来，望着窗外浓雾里迷茫的山景，看到那棵黄果树下面的小屋，忽然想去探望那个小姑娘和她生病的妈妈。我下楼在门口买了几个大红桔子，塞在手提袋里，顺着歪斜不平的石板路，走到那小屋的门口。

我轻轻地扣（叩）着板门，刚才那个小姑娘出来开了门，抬头看了我，先愣了一下，后来就微笑了，招手叫我进去。这屋子很小很黑，靠墙的板铺上，她的妈妈闭着眼平躺着，大约是睡着了，被头上有斑斑的血痕，她的脸向里侧着，只看见她脸上的乱发，和脑后的一个大髻。门边一个小炭炉，上面放着一个小沙锅，微微地冒着热气。这小姑娘把炉前的小凳子让我坐了，她自己就蹲在我旁边，不住地打量我。我轻轻地问："大夫来过了吗？"她说："来过了，给妈妈打了一针……她现在很好。"她又像安慰我似地说："你放心，大夫明早还要来的。"我问："她吃过东西吗？这锅里是什么？"她笑说："红薯稀饭——我们的年夜饭。"我想起了我带来的桔子，就拿出来放在床边的小矮桌上。她没有作声，只伸手拿过一个最大的桔子来，用小刀削去上面的一段皮，又用两只手把底下的一大半轻轻地揉捏着。

我低声问："你家还有什么人？"她说："现在没有什么人，我爸爸到外面去了……"她没有说下去，只慢慢地从桔皮里掏出一瓣一瓣的桔瓣来，放在她妈妈的枕头边。

炉火的微光，渐渐地暗了下去，外面变黑了。我站起来要走，她拉住我，一面极其敏捷地拿过穿着麻线的大针，把那小桔碗四周相对地穿起来，像一个小筐似的，用一根小竹棍挑着，又从窗台上拿了一段短短的蜡头，放在里面点起来，递给我说："天黑了，路滑，这盏小桔灯照你上山吧！"

我赞赏地接过，谢了她，她送我出到门外，我不知道说什么好，她又像安慰我似地说："不久，我爸爸一定会回来的。那时我妈妈就会好了。"她用小手在面前画一个圆圈，最后按到我的手上："我们大家也都好了！"显然地，这"大家"也包括我在内。

我提着这灵巧的小桔灯，慢慢地在黑暗潮湿的山路上走着。这朦胧的桔红的光，实在照不了多远，但这小姑娘的镇定、勇敢、乐观的精神鼓舞了我，我似乎觉得眼前有无限光明！

我的朋友已经回来了，看见我提着小桔灯，便问我从哪里来。我说："从……从王春林家来。"她惊异地说："王春林，那个木匠，你怎么认得他？去年山下医学院里，有几个学生，被当作共产党抓走了，以后王春林也失踪了，据说他常替那些学生送信……"

当夜，我就离开那山村，再也没有听见那小姑娘和她母亲的消息。

　　但是从那时起，每逢春节，我就想起那盏小桔灯。十二年过去了，那小姑娘的爸爸一定早回来了。她妈妈也一定好了吧？因为我们"大家"都"好"了！

明子和咪子

明子的真名不叫明子，他姓徐，叫徐明。咪子的真名也不叫咪子，它是一只猫，叫咪咪。明子和咪子是奶奶给他们的爱称。

咪子是明子给奶奶抱来的。奶奶退休后，闲多了，不但要明子和爸爸每天来吃晚饭——因明子的妈妈得到"交换学者"的奖学金，到加拿大进修一年——还要找些别的事做，像在阳台上种些花草什么的，因此明子就想劝奶奶养猫。

明子最爱猫了，但是妈妈不爱猫，说：猫不像狗，它到处爬，到处跳，一会儿上桌，一会儿上床，太脏了。无论明子怎样央告，妈妈总是不肯。如今妈妈出国了，楼上的陈伯伯——爸爸的同事——他家又有了三只小猫，长毛的，个个像毛茸茸的小花毛团似的，可爱极了。大家都说陈伯伯太爱猫了，送走一只猫，就像嫁出一个女儿似的，一定要找一个可靠的人家，他才肯给。明子想，说是我奶奶要，他不会不答应吧，我去试试看。

第二天一放学，明子就上楼对陈伯伯赔笑说："我奶奶您认识吧？她最爱猫了，她退休了闲得慌，想要您一只小猫做伴，行不行？"陈伯伯看着他笑说："你奶奶要，可以抱一只去……"明子又赔笑说："我把三只都抱去给奶奶看，即刻就送回来。"陈伯伯只好让他把三只小猫都放进书包里，他挎上书包，骑上车飞快地到了奶奶家。

奶奶家住得不远，骑车三分钟就到了，奶奶还给明子一把大门的钥匙，可以一直进去。明子兴冲冲地进去时，奶奶正在给妈妈写信呢。明子从书包里把猫一只一只地放在书桌上，它们一边低头闻着，一边柔软轻巧地在笔筒、茶杯和台灯中间穿走。其中有一只是全白的，只有尾巴是黑的，背上还有一块小黑点。就是它最活泼了。一上来就爬到奶奶手边，伸出前爪去挠那只正在摆动着的笔。奶奶一面挥手说："去！去！"抬起头来一看，却笑了说："这只猫有名堂。这黑尾巴是条鞭子，那一块黑点是个绣球。这叫'鞭打绣球'……"明子高兴得拍手笑了说："好，好，'鞭打绣球'，就留下它吧。"奶奶笑着说："要留下它，也得先送回去。我们要先给它准备吃、喝、拉、撒、睡的地方。"

明子连忙又把小猫都送回给陈伯伯，说："我奶奶谢谢您啦，她想要那只有黑尾巴的。"——他不敢把"鞭打绣球"这好听的名字说出来，怕陈伯伯不舍得——陈伯伯一边把小猫放回母猫筐里，一面说："好吧。你一定也常去玩了？可你不能折磨它。"明子满脸是笑，说："哪能呢！我们准备好就来抱。"一回头就跑。

明子帮着奶奶找出一只大的深沿的塑料盘子，铺上炉灰，给咪咪做厕所；两只红花的搪瓷碟子，大的做咪咪的饭碗，小的做咪咪的水杯；还有一只大竹篮，铺上一层棉絮，做咪咪的卧床。奶奶说："咪子可以睡在我的屋里，但是'吃'和'拉'只能在厨房桌子底下，夏天还得放到凉台上去，不然，臊死了。"这一切，明子都慨然地同意了。

咪子抱来了，真是活泼得了不得！就像妈妈说的那样，整天到处跑，到处跳，一会儿上桌，一会儿上床，什么也要拨拨弄弄。于是奶奶就常给它洗澡，洗完了用大毛巾裹起来，还用吹风机把湿毛吹干了。早饭后在洗牛奶锅的时候，还用一勺稀粥先在锅里涮一遍，又把自己不吃的蛋黄，拌在牛奶粥里给咪子吃。奶奶把咪子调理得又"白"又"胖"，就像一大团白绒球似的！咪子平常很闹，挣扎着不让明子抱它，但是吃饱之后就又贪睡。奶奶常在晚饭前喂它，什么鱼头啦、鸡尖啦，剁碎了给它拌饭。咪子一直在旁边叫着，等奶奶一放下它的饭碗，它就翘着尾巴过去，吃完了，用前爪不住地"洗脸"，洗完脸又懒洋洋弓起身来，打着呵欠。这时明子就过去把它抱在怀里，咪子一动不动地闭上眼，蜷成一团。明子轻轻抚摸着它，它还会轻轻地打着"呼噜"。每天晚饭后，奶奶和爸爸一边看着电视，一边闲谈。明子只坐在一旁，静静地抱着睡着的咪子，轻轻地顺着它的雪白的长毛摸着，不时地低下头去用脸偎着它，电视荧幕上花花绿绿地人来人往，他一点也没看进去。等到"新闻联播"节目映完，爸爸就会站起来说："徐明，咱们走吧，你的作业还没做完呢！和奶奶再见。"这时明子只好把柔软温暖的咪子放在奶奶的膝上，恋恋不舍地走了。

这个星期天中午，奶奶答应明子的请求，让爸爸带陈伯伯来吃午

~215~

饭，说是请他来看咪咪长得好不好，并谢谢他。陈伯伯来了，和奶奶寒暄几句，明子把咪子举到他面前，他也只看了一眼。他一边吃饭，一边和爸爸大讲起什么电子计算机，怎样用编成的语言，把资料储存进去啦，用的时候一按那键子，那资料就出来了什么的。明子悄悄地问奶奶："电子计算机是什么样子！对养猫有没有用处？"奶奶笑着说："我也说不清。我想要把咪子的资料装进去，要用的时候，一按键子也会出来吧。"吃过饭，陈伯伯谢过奶奶，说："下午还要去摆弄计算机，先走了。"爸爸也说："徐明还是跟我回去午睡吧，起来还要给妈妈写信呢。"明子只好把咪子抱起，在脸上偎了一下，跟着他们走了。

明子回到家一上床就睡着了。他忽然做了个梦，梦里听见咪子一声一声叫得很急，仿佛有人在折磨它。四围一看，只见眼前放着一个大黑箱子，似乎就是那个电子计算机了，咪子在里面关着呢。它睁着两只大圆眼，从箱子缝里望着明子不住地叫。明子急得嗒嗒地拍着那大黑箱子，要找那键子，就是找不着！

他急得满头大汗，耳边还听见嗒嗒的声音，睁眼看时，原来还睡在床上，爸爸正用打字机打着给妈妈的信封呢。明子翻身下床，摘下挂在墙上的奶奶家大门的钥匙就走，爸爸在后面叫他："别去吵奶奶了……"他也顾不上答应。

奶奶家的大门轻轻地开了，奶奶的房门也让他推开一条缝。奶奶脸向里睡着呢，咪子趴在奶奶的枕头边，听见推门的声音，立刻警觉地睁着大眼，一看见是明子来了，它又趴了下去，头伏在前爪上，后腿蜷了起来，这是它兴奋前扑的预备姿势！

　　明子侧身挤进门来，只一伸手，这一团毛茸茸的大白绒球，就软软地扑到他的胸前。明子紧紧地抱住它，不知道为什么，双眼忽然模糊了起来……

　　　　　　　　　　　　　　　一九八四年五月十八日晨。